Maria Regina Kaiser

Lügenface

Maria Regina Kaiser

Lügenface

C. Bertelsmann

Für die Fab Four:
Bettina, Thomas, Rick und Sebastian

Umwelthinweis:
Dieses Buch wurde auf chlorfrei gebleichtem Papier gedruckt. Die Einschrumpffolie (zum Schutz vor Verschmutzung und Beschädigung) besteht aus umweltschonender und recyclingfähiger PE-Folie.

Gesetzt nach den Regeln der Rechtschreibreform von 1996

1. Auflage 1997

Lektorat: Frank Griesheimer
Umschlagbild: Bengt Fosshag
Umschlagkonzeption: Klaus Renner
us · Herstellung: Peter Papenbrok
Satz: Uhl + Massopust, Aalen
Druck: Graphischer Großbetrieb Pössneck
ISBN 3-570-12386-3
Printed in Germany

Inhalt

»Ihr werdet die Wahrheit erkennen,
und die Wahrheit wird euch frei machen.«

Neues Testament

»Es gibt kein richtiges Leben im falschen.«

Theodor W. Adorno, *Minima Moralia*

TEIL I

1. Jutta, unsichtbar

Sogar die coolen Typen aus der 12 B, die sich unter dem Ahornbaum die Tarotkarten legen wie in jeder Pause, sehen für einen Augenblick auf und schauen auf die Straße. Lothar aber kann nicht anders, er stößt einen Schrei aus. Das passiert ihm jetzt manchmal, dass er mitten im Unterricht laut schreit, wenn etwas Überraschendes kommt, oder dass er einen Lachkrampf kriegt, wenn er etwas komisch findet. Er ist fünfzehn und es ist ihm hinterher peinlich.

Sie sitzen zu fünft auf der Schulhofmauer wie Zirkustiere hinter dem Gitter. Der Schrei galt dem Wahnsinnsauto auf der Straße. Dann beißt Lothar in sein zweites Nusshörnchen, schmeckt die Marzipanfüllung. Für ihn kommen nur süße Sachen in Frage. Vanessa isst jeden Tag Salamibrot, ein klarer Stilbruch. Salamibrot passt nicht zu einem Mädchen wie Vanessa, Apfel schon eher, auch Torte wäre möglich.

Es ist der neue Carerra 911 in einem Silberblaumetallic, das in der Morgensonne aufblitzt. Langsam fährt er die Straße entlang, wie suchend. Eine Frau in schwarzer Lederjacke mit hochgestecktem blondem Haar sitzt am Steuer. Alle sehen sie dem Wagen nach, Vanessa, Berthold und Mirko. Nur Fabian brütet weiter über der Matheaufgabe. Lothar kann nicht anders, er winkt kurz hinüber, obwohl die Frau schon vorbei ist.

Sie hatten die Ergebnisse der Mathearbeit verglichen. Vanessa hatte mindestens drei Aufgaben richtig von sieben, Mirko wie immer alle, und Fabian und Berthold waren sich nicht sicher gewesen. Fabian ist meistens gut in Mathe, aber heute muss er einen schwachen Tag gehabt haben. Lothar bewundert Fabian. Fabian hat all die Sachen gemacht, die Lothar noch machen will. Er war mal ein paar Tage einfach so nach Norddeutschland getrampt. Er kennt die meisten von denen da drüben unter dem Ahornbaum. Mit dem kleinen Glitzerstein an der Nasenseite sieht er cool und älter aus, ungefähr wie siebzehn. Er hat die Haare ganz kurz, und dazu ist er unrasiert.

Fabian redet nicht viel. Er wirkt aus sich heraus. So möchte Lothar auch sein, aber einstweilen ist er so ungefähr das Gegenteil von Fabian. Lothar genießt es, dass einer wie Fabian mit ihm befreundet ist. Er fühlt sich größer und toller, wenn Fabian neben ihm steht.

»Schickes Weib«, sagt Mirko.

»Von der Lederjacke hab ich ihr abgeraten«, sagt Lothar. »Sie hat Sachen im Schrank, die besser zu ihrem Typ passen.« Er dreht an seinem goldenen Ohrring und sieht für Sekunden verschmitzt aus.

»Wieso hast du ihr abgeraten?«

Lothar verdreht die Augen. »Ich rate ihr manchmal ab und manchmal zu. Sie gibt viel darauf, was ich ihr sage. Ich habe einen Blick für Outfits...«

Den hat er, ganz zweifellos. Seine schwarze Baseballmütze, Schild nach hinten, setzt er auch im Unterricht nicht ab, komme was da wolle.

»Also na ja«, sagt Vanessa und kichert. Sie ist die Schönste in der Klasse und hat immer die teuersten Klamotten an. In solchen Klamotten würde, nebenbei gesagt, jedes Mädchen, sogar ein sehr hässliches, gut aussehen. Vanessa ist schon ziemlich entwickelt, hat lange schwarze Haare und die dunkelsten Augen, die Lothar je gesehen hat.

Lothar ist so etwas wie eine graue Maus mit einer zu schrillen Stimme, die sich überschlägt, wenn er vorliest oder etwas erklären soll. Trotz der Süßigkeiten, die er so schätzt, ist er nicht dick, wie zu erwarten wäre. Lothar ist eher ein Gerippe mit um den Körper schlotterndem Kampfanzug. Dieser gebrauchte alte Armeeanzug ist Lothars größter Stolz. Er hat ihn erst vor kurzem im Secondhandshop gekauft und trägt ihn seitdem so gut wie jeden Tag. Ansonsten hat Lothar mausfarbene Haare, mausfarbene Augen und einen schiefen Mund. Niemand weiß das besser als er selbst. Er kann sich nicht leiden, am wenigsten diesen schiefen unglaubwürdigen Mund. Und die andern in der Klasse finden ihn auch alle unsympathisch. Nicht, dass einer direkt etwas gegen ihn hätte, mal abgesehen von seinen Angebereien und Lügereien, die ganze Art an ihm, das ist es. Und seine komischen Lachkrämpfe und Schreianfälle machen ihn auch nicht besser.

»Wie alt schätzt du die Frau?« fragt Mirko.

Lothar lacht los. »Ich weiß es, aber ich verrate es nicht.«

»Es war seine Mutter, Idiot«, sagt Vanessa und sieht Mirko ärgerlich an.

Stille entsteht.

»Der Carrera ist neu?« fragt Mirko.

»Sie hat den roten Porsche letzte Woche verkauft«, erklärt Lothar. »Der neue hat gelochte Bremsscheiben, und man sitzt einfach bequemer drin, es ist ein weicheres Fahrgefühl. Der frühere war irgendwie schlecht gefedert. Blödsinnig hart ist das auf den längeren Strecken gewesen. So jung ist sie ja jetzt nicht mehr, und wo sie doch dauernd nach Paris rüber muß.«

Die andern können einfach nichts mehr sagen. Es ist Lothars Auftritt. Er steigert sich, je mehr sie ihm zuhören. »Die Hinterachse ist mit LSA-System. Der Querfugenkomfort ist besser als bei der alten Kiste, und die Abrollgeräusche, Leute, die hört man nicht mehr, wenn man drin sitzt. Das ist ein Spitzengefühl, da hebt man ab ...«

»Sie hat dich auch mal fahren lassen«, vermutet Mirko. Lothar lächelt verschmitzt. Er sagt nicht ja, er sagt nicht nein, aber es kommt eindeutig heraus: sie hat ihn fahren lassen.

»Ledersitze?«, fragt Mirko noch, als es zum Pausenende über den Hof schellt.

»Klar, man sitzt besser drin«, sagt Lothar, klappt sein Heft zu und entschwebt, ein Gerippe mit schwarzer Baseballmütze, Schirm nach hinten, Ohrring im Ohr und dem zu großen Kampfanzug, uralte US-Army-Stiefel an den Füßen.

»Ein unheimlich arroganter Typ ist das«, sagt Mirko. »Der übertreibt alles. Ein Spinner. Oder glaubt einer von euch das mit seinem Gespenst?«

Keiner sagt zunächst ein Wort. Was heißt schon glauben?

»Irgendwann sind wir alle Gespenster. Dann fliegen wir hier auf den Schulhof und flattern ins Lehrerzimmer«, sagt Fabian. »Es ist eine Frage der Zeit.«

»Hör auf mit dem Quatsch. Mir ist sonst kein Mensch bekannt, der dauernd Besuch von einem Gespenst bekommt«, sagt Mirko fast drohend. So, als wollte er sagen: Begreift doch mal, wir müssen es bei der nächsten Polizeistation melden. So einen kann man nicht frei rumlaufen lassen.

Lothar sollte nicht dauernd über das Gespenst reden, denkt Vanessa. Sie selbst glaubt schon an dieses persönliche Gespenst, das ihn umgibt. Sie brächte es allerdings nicht über die Lippen vor den Typen aus ihrer Klasse, sollte ihr jemals ein Gespenst begegnen. Aber Lothar redet und redet. Über alles, was er erlebt. Über sein aufregendes Leben zwischen Paris und London und wer weiß wo noch. Neulich New York. Vanessa seufzt. Nach New York will sie auch.

»Vielleicht kifft er. Er redet wie einer, der kifft. Ich kenn solche Typen«, sagt Berthold. Berthold Merkelbach ist der Sohn des Zahnarztes in der Stadt, bei dem man noch sofort Termine bekommt, weil jeder, der einmal da war, nicht wieder hingeht. Vater Merkelbach ist trotzdem Porschefahrer. Es sind aber immer ältere gebrauchte Wagen, hat Berthold erklärt. Berthold ist ein lieber Typ, hilfsbereit und freundlich, mit dem Problem, dass er für sein Alter zu klein ist. Knapp einsfünfzig.

»Lothar kifft nicht. Er kriegt Besuch von seinem Gespenst und schreibt Gedichte mit diesem blöden Orgasmusstift. Weiter nichts. Nur kein Neid, Leute«, sagt Vanessa und schüttelt die langen Haare. Lothar lässt sie im Diktat und in Englisch immer abschreiben, sonst hat sie keinen Grund, ihn zu verteidigen. Na gut, sie mag ihn. So kann man es auch ausdrücken.

»Der Typ ist eigentlich gut«, sagt Berthold. »Schließlich kann er ja nichts für seine Eltern.«

Und dann sind sie wieder still und jeder von ihnen denkt über Lothars Gespenst nach. Schwarz, einfach schwarz, ohne Gesicht, mit schlurfenden Schritten, so hat Lothar es beschrieben und dabei mit seinen langen Armen gefuchtelt.

Vanessa fällt ein, dass sie seine Mutter noch nie richtig gesehen hat, höchstens minutenlang im Ort auf der Straße mit Lothar. Und manchmal ganz kurz an der Tür, wenn Vanessa Hausaufgaben gebracht hat, damals bei seiner Grippe, im Winter war das. Irgendwie sah sie damals anders aus, unscheinbarer. Lothars Mutter muss andererseits ein Superweib sein. Vanessa denkt mit einem Seufzer an ihre eigene. An Peppina, ihre arme, liebe Peppina, immer im Stress, seit Papa Salvatore so jung gestorben ist, gerade mal zwei Lippenstifte im Bad, und jeden Werktag von zwölf Uhr an im blauen Lieferwagen unterwegs, um Pizzen und Pasta auszufahren. Wohnungsmiete, Klamotten für die Familie, Nachhilfe für Vanessa in drei Fächern, das Leben ist nicht leicht.

Für andere schon. Für andere ist es wie »Traumschiff« und »Dallas«. Lothars Mutter zum Beispiel, die muss auch schuften, aber auf einer ganz anderen Ebene, sagt Peppina immer wieder. Sieh zu, dass du Rechtsanwältin wirst, Vanessa, dann geht's dir mal besser als deiner Mutter. »Porcocane, Pupazza«, schreit sie in solchen Momenten, du kriegst von uns schließlich die Klamotten und die Nachhilfe, damit musst du es schaffen. Wenn Peppina wütend wird, kommt immer gleich ›Porcocane‹. ›Pupazza‹ sagt sie, wenn sie es gut mit Vanessa meint. Meistens ist sie wütend *und* meint es gut.

Vanessa kann nicht aufhören, über Jutta zu grübeln. Logisch eigentlich, dass jemand, der so beschäftigt ist wie Lothars Mutter, nicht auf Schulfeste und Elternabende kommen kann. Peppina packt es auch nicht immer. Noch etwas weiß Vanessa: die Frau im silberblauen Porsche, Lothars Mutter, heißt Jutta. So jemand und dann ›Jutta‹, denkt Vanessa noch. Dann hat sie es wieder vergessen.

2. Wach

Es ist abends, elf. Eine blöde Mücke summt um Lothars Ohr herum. Lothar liegt im Bett, Astkiefer massiv, wie auch Schrank und Bücherregal. Eins von diesen gehobenen Jugendzimmern der Möbelprospekte, abgrundete Kanten, solide Verarbeitung, nirgendwo Kunststoff. Auf dem Bücherregal stehen seine alten Plüschtiere, die Lego-Burg, mit der er längst nicht mehr spielt, und ein paar Matchbox-Autos. Bücher nur ein paar, Konfirmations- und Weihnachtsgeschenke. Lothar hätte gerne mehr Bücher. Ein ganzes Regal, am liebsten eine ganze Wand voll mit Bücherregalen.

Über dem Bett hängt das Holzrelief aus Bali mit den Prozessionen. Eine Hochzeitsprozession, ein Beerdigungszug und ein Fruchtbarkeitsfest. Die Figuren sehen alle gleich aus, gleich groß, alle genauso angezogen mit einem ärmellosen Gewand und einer Mütze. Sie tragen irgendwelche Baldachine und Körbe. Die Züge gehen ineinander über, das Hochzeitsfest wird zum Beerdigungszug, in der Mitte ist die Fruchtbarkeitsfeier. In Bali haben sie in jedem Haus so ein holzgeschnitztes Bild als Wohnungsschmuck. Alban und Jutta haben es damals auf ihrer Hochzeitsreise gekauft. Dieses Bild und die indische Tänzerin, die jetzt im Flur steht, und noch allerlei Kleinkram, Aschenbecher, einen Fächer und eine Puppe in seidenen Gewändern und spitzen roten Schuhen. Sie müssen mindestens zwei dicke Säcke zusätzlich durch die Abfertigungshalle des Flughafens gezogen haben, als sie zurückkamen. Es muss einer der besten Momente in ihrem Leben gewesen sein. Sie hatten sich damals vorgenommen, im nächsten Jahr wieder nach Ostasien zu fliegen. Pustekuchen. Im nächsten Jahr kam nämlich er, Lothar zur Welt. Es muss der falscheste Zeitpunkt überhaupt gewesen sein. Seine Eltern hatten ausgerechnet damals nämlich überhaupt keine Zeit für so etwas wie ein Baby. Vermutlich auch kein Geld. Jutta und Alban hatten so viel zu tun, dass sie ihn für Monate zu seiner Großmutter nach Stürzingen in das kleine Dorf am Rande der Alb gaben.

Früher hing das Bild aus Bali im Flur in der dunklen Ecke gleich neben der Eingangstür. Lothar hat es so gut gefallen, dass er es zu sich hereingeholt hatte.

Lothar kaut genüsslich Gummibärchen, obwohl er sich schon die Zähne geputzt hat. Er hat Boxershorts an und ein altes Sweatshirt. Auf dem hellblauen Velourboden liegen Krümel und Papierstückchen, ein alter Ikea-Katalog und Schulhefte. Er hat seinen Rucksack für morgen noch nicht gepackt. Das macht er immer erst in letzter Minute. Der Rucksack ist eigentlich zu groß. Es ist ein echter gebrauchter Seesack mit Salzwasserflecken auf dem olivgrünen Tuch.

Lothar hasst alles Ordentliche, und am meisten hasst er die blödsinnigen alten Stiche an der Wand in den akkuraten schwarz-goldenen Rahmen. Die hat Alban in seiner Kellerwerkstatt selbst verfertigt. Stahlstiche, hat ihm Alban erklärt, als er sie aufgehängt hat. In Stahl gestochene Rheinlandschaften aus dem 19. Jahrhundert. Du verschandelst die Wand nicht wieder mit deinen Pornopostern, hatte er drohend hinzugefügt. Ich hab noch nie Pornoposter gehabt, hatte Lothar gestammelt. Er hatte vor zwei Jahren mal ein Poster aufgehängt, von dem er gar nicht wusste, dass es ein Pornoposter war. Alban hatte ihn zusammengeschlagen ohne ein Wort der Erklärung, als er es sah. Dann hatte er das Poster von der Wand gerissen, es zerfetzt und in den Papierkorb geknüllt. Lothar hatte geheult und Jutta hatte ihm abends dann erklärt, was es mit dem Poster auf sich hatte.

Du weißt genau, was für ein Zeug du da aufgehängt hast, hatte Alban damals gesagt. Da muss einer doch zuschlagen, wenn er so was sieht, noch dazu an der frischgestrichenen Wand. Als zivilisierter Mensch wird man da noch zum Mörder – Alban hatte das für einen Witz gehalten, und Jutta, die in der Tür stand, hatte fröhlich gelacht.

Er hatte wirklich gesagt: »zum Mörder« und gelacht. Und Jutta hatte auch gelacht.

Die beiden Fenster gehen auf die Straße zu. Vor dem einen steht ein Kirschbaum in dem schmalen Vorgartenstück vor dem Haus. Lothar hat die Rollläden nur halb heruntergelassen und hört auf die Geräusche von der Straße.

Er versucht es jedenfalls, um die zornige Stimme Albans aus dem Wohnzimmer nicht zu hören. Als er kleiner war, hat er sich unter der Bettdecke verkrochen, wenn Alban und Jutta sich stritten. Inzwischen schafft er es, es nicht mehr zu hören, auch wenn es ganz laut ist. Autotüren schlagen zu, junge Frauen lachen auf. Autos fahren an. Ein Mofa knattert vorbei. Leute gehen in kleinen Gruppen munter schwätzend irgendwohin, vielleicht zu einer Disco in der Innenstadt oder in eine kleine Kneipe. Das Leben ist überall besser und lustiger als hier in Albans Eigentumswohnung.

Lothar ist zu spät geboren. Früher konnte man mit dem Fahrrad bis nach Pakistan trampen oder in irgendeinem Küstenhafen anheuern und als Tellerwäscher bis nach Amerika kommen und ein neues Leben in New York anfangen. Die großen Unternehmungen gehen nicht mehr, und selbst die kleinen sind für ihn nicht machbar. Was bleibt, das wäre allenfalls ein Last-Minute-Trip nach New York für zwei Wochen.

Lothar liegt auf seinem Bett und sehnt sich danach, unerkannt ganz allein durch die Fußgängerzone zu schlendern, an dem kleinen eingefassten Wasserlauf entlang. Drüberzuspringen, hin und her, und sich dann vor den Brunnen mit den großen Metallplatten am Schafmarkt unter die Platanen zu setzen.

Aber er kann nicht mehr raus. Es ist elf und Alban würde gewalttätig werden, wenn er dahinter käme, dass Lothar jetzt noch hinauswollte. Lothar traut sich nicht, aufzustehen und einfach rauszuschleichen.

Dann muss er gähnen und er merkt, dass er müde ist. Er legt sich auf sein Kissen zurück. Alles verwandelt sich. Alles wird anders. Es ist wie ein wohliges Gruselgefühl. Es ist schon unheimlich, obwohl er es längst kennt. Es ist wieder da. Schwarz, nicht ganz deutlich, ohne Einzelheiten, aber eindeutig vorhanden. Hier und jetzt in diesem Zimmer anwesend, sein Freund, das Gespenst. Lothar könnte nicht sagen, ob es ein weibliches oder männliches Gespenst ist.

Er ist sofort hellwach. In den letzten Tagen hatte er schon Angst, es sei für immer verschwunden. Es war schon sehr lange nicht mehr bei ihm.

Das Gespenst sitzt auf dem alten Sessel in der Ecke und schaut zum Fenster hin. Dann erhebt es sich und ruckt kurz am Rollladenzug. Irgendwie ist es auch ein gutes Gefühl, dass es wieder da ist. Wenn es wochenlang wegbleibt, fängt Lothar an, es ernstlich zu vermissen. Jeder vernünftige Mensch wäre vermutlich froh, das Gespenst los zu sein. Aber bei ihm ist es anders. Er hat eine Art Sehnsucht nach diesem schwarzen Wesen, das um ihn herumschlurft und murmelt und Sachen hin und her schiebt. Er hat viel darüber nachgedacht. Was ist ein

Gespenst schließlich schon? Es ist eine Art Nichts. Man kann sich nicht darauf verlassen, kann nie wirklich mit ihm rechnen. Wenn er die Hoffnung schon ganz aufgegeben hat, es jemals wiederzusehen, ist es unvermutet wieder da. Es setzt sich gerne in den Sessel. Oft kramt es ein bisschen auf dem Schreibtisch herum oder schiebt den Kleiderschrank kurz auf und wieder zu. Es spricht nicht und es nimmt keinen eigentlichen Kontakt mit Lothar auf. Fast so, als wollte es ihn auf keinen Fall erschrecken. Es ist ein Gespenst mit guten Absichten. Irgendwann vor Jahren, als Alban ihn wieder einmal halb tot geschlagen hatte und er heulend im Bett lag, hatte er es zum ersten Mal gesehen. Es stand dicht vor seinem Bett. Lothar hatte sich einerseits gegruselt, aber auch sofort gespürt, wie hilfsbereit das Gespenst war. Es stand bei ihm, ohne ihn anzurühren, so als wollte es sagen: Hier bin ich, nur für dich, dein Gespenst.

Lothar rührt sich nicht. Er ist froh und dankbar wie immer, wenn die dunkle Gestalt auftaucht, und gruselt sich gleichzeitig, weil sie so unerwartet da ist.

Zum Mörder, denkt Lothar ins Dämmrige hinein. Zum Mörder. Mit abgewendetem Gesicht schlurft die schwarze Gestalt um den Schreibtisch herum, schiebt ein paar Schulhefte hin und her. Lothar fühlt sich gut dabei.

Nur eins darf nicht passieren: Alban darf das Gespenst nicht sehen. Lothar kann zwar ganz locker mit Vanessa oder Mirko über das Gespenst sprechen, aber er würde sich eher die Zunge abbeißen, als dass er Jutta oder Alban jemals auch nur ein Wort davon erzählen würde. Alban würde es fortjagen. Alban würde zum Insektenvernichtungsspray greifen, irgendeinem, das eigentlich längst verboten ist, das aber tödlich wirksam wäre, selbst gegen das Gespenst. Oder er würde mit dem Messer gegen es vorgehen. Ein Gespenst in der Wohnung, so etwas geht einfach nicht. Das Gespenst hat zu verschwinden. Und wenn man den Kammerjäger holen muss.

Lothar hört das Schlappen der Gespensterpantoffeln und

wird müde davon. Die Stiche an der Wand gehören Alban. Alban hat sie ausgesucht, gekauft und gerahmt und bestimmt, dass sie hier hängen. Das Holzrelief mit den Prozessionen und den kantigen Männlein und Weiblein haben Alban und Jutta vor langer Zeit ausgesucht, aber er, Lothar, hat bestimmt, wo es hängen soll. Es gefällt ihm. Das Beste ist das Gespenst, denkt Lothar und fühlt sich gut und zufrieden dabei. Das Gespenst ist für ihn da.

Geh nicht weg, murmelt er schläfrig. Bleib noch ein bisschen. Bleib da.

3. Wie im Krimi, live

Mickymaus vollführt einen Luftsprung auf dem tintenbekleckten rosa Federmäppchen. Rosa ist Lothars Farbe. Rosaschwarz marmoriert ist auch der Federhalter mit dem Parfümduft, Tante Franzis Weihnachtsgeschenk.

Sie soll mal nicht so tun, die Franzi, die, hat Alban an Weihnachten gesagt, als Lothar ganz glücklich gerufen hat: Und einen Fünfzigmarkschein noch dazu für mich. Die mit ihren Schulden, hat Alban gehöhnt. Der gehört nichts mehr. Gar nichts mehr. Aber Fünfzigmarkscheine verschenken. Als ob's der Füller nicht getan hätte.

Franziska, genannt Franzi, ist Albans ältere Schwester. Sie ist genau zehn Jahre älter als er, seit Jahren verwitwet, und hat zwei erwachsene Töchter, die weit weg wohnen und arbeiten. Lothar hat Tante Franzi gern. Wenn sie zur Tür hereinkommt, freut er sich schon über ihre Stimme und ihre besondere Art zu lachen. Auf der ganzen Welt lacht niemand so wie Tante Franzi. Auch ihr Husten ist einmalig. Lothar würde sie nachts im Dunkeln auf der Straße nur an ihrem Husten erkennen.

Tante Franzi lässt sich ihre Dauerwelle immer zu Hause von einer Nachbarin legen, weil das billiger ist.

In den Ferien darf Lothar manchmal eine Woche zu Tante Franzi. Zum Helfen, wie Alban es ausdrückt. Aber mit dem Helfen ist nicht viel, weil Lothar viel zu lange in den Morgen hinein schläft. Wenn er in die Küche herunterkommt, steht der Kaffee unter einem Kaffeewärmekissen und zwei Frühstückseier unter einem kleinen Kissen. Außerdem legt sie immer zwei Stücke Schokoladenkuchen mit einer dicken Schicht Zitronenguss für ihn hin. Als er noch kleiner war, hat er nur den Guss abgebissen und den Kuchen liegen gelassen. Obwohl das ja eigentlich unverschämt war, hat Tante Franzi ihn nie deswegen ausgeschimpft. Lothar streicht sich dann dick Butter auf das Brot und isst erst die beiden Eier, und wenn er es noch schafft, ein Stück Kuchen. Damit hält er es mühelos bis mittags um eins durch. Nach dem Frühstück räumt er die Geschirrspülmaschine ein und bringt die Küche auf Hochglanz. Gegen elf taucht meistens ein Mädchen auf, der Hauswirtschaftslehrling mit einem Kochbuch und einem Zettel von Tante Franzi. Auf dem Zettel steht, was der Lehrling kochen soll. Also etwa: »Verlorene Eier, Salzkartoffeln, Wirsinggemüse. Nachtisch nach Wahl.« Lothar geht dann in den Ort zum Einkaufen und holt die Zutaten, die im Schrank fehlen. Zum Nachtisch gibt es dann keineswegs Joghurt aus dem Plastikbecher oder Pudding mit Sahnehäubchen aus dem Kühlregal. Nicht einmal Pudding aus der Tüte ist drin. Wenn Lothar zurück ist, darf er Gelatineblätter auflösen, die für die frisch angerührte Erdbeercreme erforderlich sind. Manchmal gibt es auch einen Kirschenmichel, der noch im Backofen bräunt, während sie im Wohnzimmer an dem großen Tisch die Hauptmahlzeit einnehmen. Das Landwirtschaftslehrlingsmädchen, das Hauswirtschaftslehrlingsmädchen, Tante Franzi und er.

Das Haus duftet nach Kuchen und frisch Eingekochtem. Lothar hat ein Zimmer mit alten knarrenden Holzdielen unter dem Dach mit einer Gaube. Gleich gegenüber ist das altmodische Bad. Die weiße Emaillebadewanne steht auf etwas angerosteten Füßen. Auf dem Boden sind Lattenroste ausgebreitet und es duftet nach Speick-Seife. Im Sommer klappt es manchmal nicht mit dem Baden, weil es auf der Alb Wassernot gibt. Oben unter dem Dach wohnen außerdem der Landwirtschaftslehrling und der Hauswirtschaftslehrling. Tante Franzi ist nämlich Ausbilderin.

Von seinem Zimmer aus kann Lothar auf den Stall heruntersehen, in dem im Winter die Kühe sind. Tante Franzi hat Milchwirtschaft.

Lothar spielt mit dem Füller. Es ist ein Kolbenfüller, wie man sie früher hatte, mit einem Duftradiergummi, eher etwas für Mädchen, hat Vanessa neidvoll gesagt, stimmt aber gar nicht. Mit ihm gelingt alles besser, gleich ob Diktat oder Französischarbeit. Der Federhalter ist Lothars Maskottchen.

Rechts neben Lothar sitzt Vanessa, links von ihm Fabian. Die beiden sind seine Rettung in Mathe, dafür lässt er sie in Englisch abschreiben. Jeder hat was davon. Und manchmal bringt Vanessa Lothar sogar ein Nusshörnchen mit Marzipanfüllung mit. Sie sitzen in der zweiten Reihe, in der ersten sind die Streber, da gehören sie nicht hin, richtig gut ist keiner von ihnen, aber sie schaffen es immer so, und jeder hat seine Stärken. Fabian schwätzt gerne und zeichnet schweinisches Zeug, wie Vanessa findet. Er ist schon einmal von zu Hause ausgerissen und eine Woche einfach so weggeblieben.

Martina Reinke, einssiebenundsiebzig, lange blonde Haare, in lässigem blauem T-Shirt, weißer Leinenhose, schwarzen Leinenschuhen, braungebrannt vom Sport, Typ Steffi Graf, betritt den Klassenraum. Vanessa amüsiert sich damit, Lothar zu beobachten. Aus der unscheinbaren Maus wird innerhalb von Sekunden ein anderer. Lothar beugt sich vor, als gelte Martina Reinkes Auftritt ihm allein. Fabian, Mirko, Berthold, der Rest, alle unverändert. Nur Lothar hebt sichtlich ab.

»Reiß dich zusammen, Lügenface«, flüstert Vanessa. »Heute ist Grammatik dran. Das wird sterbenslangweilig.«

Vanessa hat sich geirrt, aber sie weiß es noch nicht.

Martina hat sich am Lehrerpult niedergelassen und zwei schmale Bücher darauf abgelegt. Gedichtbände für die Unterrichtseinheit »Gedicht«. Soll heißen, nicht nur in Deutsch, sondern auch in Englisch und Französisch sind Gedichte angesagt, und das für Wochen. In Vanessa steigt Ärger auf. Heute ist Montag und montags, so die Abmachung, ist Grammatik dran. Grammatik ist so übersichtlich wie Mathematik. Vanessa mag Grammatik und verabscheut Gedichte. Gesülze, nichts als Gesülze. Gedichte sind gottverdammtes Gesülze. Wenn sie erst Anwältin ist, braucht sie keine Gedichte mehr zu interpretieren.

Die Tür öffnet sich ein weiteres Mal – alle sehen auf. Das ist ja – Lothars Mutter, die Porschefahrerin mit der schwarzen Lederjacke. Vanessa, Mirko und Fabian halten den Atem an. Julian und Jennifer, die Zwillinge in der ersten Reihe, tuscheln aufgeregt miteinander. Nein, denkt Vanessa, die Frau hat nichts, aber auch gar nichts mit der Lotharmutter vor einem halben Jahr gemeinsam. Dass Menschen sich so verändern können. Dass ein neuer Lippenstift, ein Friseurbesuch und ein geschicktes Make-up fast so etwas wie eine neue Frau zaubern können, es ist unglaublich.

Martina Reinke ist heute ein bisschen verlegen. »Frau Schulrat hat mich darum gebeten, sie einmal bei unserer Unterrichtseinheit ›Gedicht‹ mitmachen zu lassen. Sie wird hinten ganz in der Ecke Platz nehmen und nur manchmal etwas sagen.«

Berthold und Mirko drehen sich zu Lothar um und schauen ihn fragend an. Vanessa begreift es nicht. Lothar ist der, der das Rätsel lösen kann.

»Frau Schulrat fährt Porsche«, sagt Fabian frech mit der dunklen Männerstimme, um die ihn Lothar beneidet.

Lothar nickt der »Frau Schulrat« lächelnd zu.

»Jutta passt nicht zu ihr«, sagt Vanessa leise, weil sie einfach etwas sagen muss. »Daniela wär erheblich besser, wie wär's mit Daniela. Oder Geraldine ...«

»Ruhe bitte!«, ruft Martina.

»Sieh zu, dass ich nach der Schule eine Runde mit dem Porsche drehen darf«, zischt Fabian. »Sie soll mich nach Hause bringen. Und wenn's auf dem Notsitz ist.«

»Porcocane«, flüstert Vanessa hochachtungsvoll. Frau Schulrat ist durch die Mittelreihe gerauscht und hat sich ganz hinten auf einem wackligen Schülerstuhl niedergelassen. Die Beine hat sie übereinander geschlagen. Der schwarze Rock, den sie trägt, ist sehr kurz.

Heute interessiert sich niemand für Gedichte, vermutlich nicht einmal Lothar.

»Wir haben einen Schüler in der Klasse, der sich sehr intensiv mit Gedichten befasst und sogar selbst welche schreibt. Lothar Liegle hat mir die eigentliche Anregung zu unserem Unterrichtsvorhaben gegeben. Ich muss allerdings dazusagen, dass ich bis jetzt leider noch nicht das Vergnügen hatte, eins von Lothars Gedichten zu lesen. Ich bin sehr gespannt darauf und hoffe, dass Lothar mit der Zeit so viel Vertrauen zu mir entwickelt oder auch zu uns allen, dass er uns mit seinen Gedichten bekannt machen wird.«

Martina atmet kurz durch, nachdem sie das gesagt hat. Lothar läuft rot an vor Stolz. Er ist etwas erschrocken, fasst sich aber sehr schnell. Gedichte und Outfit, davon versteht er etwas.

»Versuch bitte, mit zwei oder drei Sätzen zu erklären, was ein Gedicht ist, Lothar«, sagt Martina. »Ich weiß, dass du gerne darüber sprichst. Gedichte sind nun einmal dein großes Thema. Ich bin sicher, du kannst uns allen etwas Wichtiges darüber sagen. Denn du bist jemand, der sich schon viele Gedanken darüber gemacht hat, was ein Gedicht eigentlich ist.«

»Es gibt Prosa und es gibt Gedichte. Prosa vergisst man

wieder. Prosa, das ist wie Predigt oder ein Zeitungsartikel. Ein Gedicht ist kurz. Es kann eigentlich gar nicht kurz genug sein«, sagt Lothar. »Und das zweite: du hebst ab, wenn du es liest. Ohne das Abheben ist es kein Gedicht. Bei Prosa hebt keiner ab.«

Es hat ganz harmlos angefangen. In der Grundschule sollten sie aus Wörtern im Sprachbuch Sätze bilden. Lothar hatte das Spaß gemacht. Seine Sätze waren die schönsten und längsten. Fast jeden Tag durfte er seine Sätze vorlesen. Er war in Turnen, Malen und Rechnen eher schlecht. Aber Sätzemachen und Vorlesen konnte keiner in der Klasse so gut wie Lothar.

Und jetzt also Gedichte. Es ist keineswegs wegen Martina. Das hat schon vorher angefangen. Lothar hat Tante Franzi zu Weihnachten und zum Geburtstag selbstgemachte Gedichte geschenkt.

Das alles kann man nicht erzählen. Nicht jetzt, nicht vor der Klasse. Lothar hat einfach aufgehört. Sein Mund steht offen, seine Augen glänzen.

Frau Schulrat erhebt sich und hält eine kurze Ansprache. Sie sei sehr erfreut über dieses Unterrichtsprojekt »Gedicht«. Sie werde es weiterhin im Auge behalten und wünsche schon jetzt viel Erfolg und viel Freude beim Entdecken von Gedichten. Die Pausenklingel durchdröhnt das Schulgebäude. Alle greifen nach ihren Rucksäcken und Jacken.

»Ich bin sicher, es wird ein großer Erfolg. Also, dann möchte ich mich für heute von euch allen verabschieden und . . .« Frau Schulrat bricht mitten im Satz ab. »Du möchtest etwas von mir? Der Dichter hat noch Fragen?«

»Der Dichter hat eine Bitte«, sagt Lothar gespreizt. »Wir möchten eine Runde in Ihrem Porsche um die Schule drehen. Vanessa, Fabian und ich.«

Frau Schulrat überlegt sich die Sache kurz. Einen Augenblick zögert sie. Aber dann nickt sie.

Klar, dass sie es macht. Schließlich ist sie seine Mutter. Vanessa denkt es mit einer gewissen Bitterkeit. Lothar und Jutta mit all ihrer Porsche-London-Paris-Leichtigkeit. Und das Parfum, das Jutta-Frau-Schulrat umschwebt, das ist Roma, das sauteure von Laura Biagiotti. Kriegt Jutta mit ihren Beziehungen zweifellos umsonst. Kann sie literweise über sich schütten. Kann sie darin baden.

Es ist wegen seinen Gedichten, denkt Lothar. Wie Tante Franzi immer sagt: Aus dir wird mal was Großes, Lothar. Wegen seinen Gedichten konnte sie es ihm nicht abschlagen. Später stehen seine Gedichte mal in allen Lesebüchern drin. Martina lässt dann Aufsätze über seine Gedichte schreiben. Wenn es um Gedichte geht, ist er unschlagbar. Martina wird ihm eine Eins in Deutsch geben, weil sie gar nicht anders kann.

»Okay. Geht schon mal diskret zum Parkplatz voraus. Aber wirklich nur eine ganz kleine Runde und nur ihr drei. Wir sind ja nicht auf dem Rummelplatz. Und außerdem bin ich knapp dran. Ich muss noch Kopien im Schulamt abgeben. Und nachher habe ich eine Besprechung im Ministerium.«

Frau Schulrat hat es wirklich eilig. Sie schaltet das Radio ein, um die 13-Uhr-Nachrichten zu hören. Lothar sitzt auf dem Beifahrersitz, Fabian und Vanessa dicht an dicht auf der schmalen Rückbank, vor sich die Schulrucksäcke und die Turnbeutel, während es langsam Richtung Innenstadt geht.

»An der Ampel, da lasse ich euch jetzt raus. Tschüs, war nett mit euch. Und von dir, Lothar, möchte ich bitte ein Gedicht sehen.«

»Geht in Ordnung«, sagt Lothar. »Ich schick's noch heute weg.«

Die Ampel schaltet auf Rot. Sie schieben sich hintereinander raus auf den Bürgersteig und winken, als der Porsche bei Grün losfährt, aber Frau Schulrat schaut nicht zurück. Ist schon wieder ganz woanders. Hat sie längst vergessen.

»Also, Lothar, deine Mutter ist ganz schön frech«, sagt Mirko. »Ich würde sagen, das war fast unverschämt.«

»Das war nie im Leben seine Mutter. Ich kenne Lothars Mutter. Lothars Mutter sieht absolut anders aus.« Fabian kann so etwas sagen. Er war oft genug bei Lothar zu Hause.

»Natürlich sieht sie anders aus, wenn sie in der Küche steht und dir ein Brot schmiert«, sagt Lothar. »Eine Frau in der Einbauküche sieht immer anders aus als eine im Carrera.«

Fabian lacht. Er ist gutmütig und großzügig. Soll Lothar doch erzählen, was er will.

»Na gut, heute glaub ich dir noch mal.« Und Vanessa ist fast erleichtert. Sie will immer wissen, ob es wahr ist, wenn Lothar etwas erzählt. Mit einem, der lügt, will sie nichts zu tun haben. Oder jedenfalls nur so viel wie unbedingt nötig. Das hat sie ihm oft genug gesagt. Sie bläst eine Kaugummiblase, eine ganz gewaltige, bis sie zerplatzt. Fabian steigt auf den Gepäckträger von Pegasus, Lothars Fahrrad. Im Losfahren schwanken sie kurz, sie drehen eine Runde im Schulhof, Fabian winkt. Fabian trommelt auf Lothars Rücken und schreit: »Lügenface! Lügenface!«

Pegasus ist kein gewöhnliches Fahrrad. Jedes Jahr im Spätherbst ist im Rathaus eine Versteigerung von verlorenen Gegenständen, die die Polizei im Laufe des Jahres irgendwo im Stadtgebiet gefunden hat und die nie abgeholt worden sind. Alte Uhren und Schmuck, jede Menge Regenschirme sind dabei und meistens auch ein paar Fahrräder. Vor zwei Jahren ist Lothar mehr zum Spaß dorthin gegangen und sah Pegasus an der Wand lehnen, ein altes Herrenfahrrad mit Siebengangschaltung, beinahe etwas zu groß für einen wie ihn, verdreckt, sogar sehr verdreckt. Mit dem Finger kratzte er die Schlammspritzer ab und entdeckte die schwarz-silberne Lackierung. Es war sein Fahrrad. Er wusste es, so wie einer es weiß, der der Frau seines Lebens in der Schlange vom Supermarkt begegnet.

Geschliffene Alufelgen hat Lothar mit dem Fingernagel erspürt. Pegasus, auch den Namen wusste er sofort, Pegasus wie das Pferd mit den riesigen Flügeln. Dann zerrte er das Rad auf die Seite und schrieb sein Gebot, zwanzig Mark, auf einen Zettel und steckte ihn in den Kasten vorne auf dem Tisch.

Später stellte sich dann heraus, dass außer ihm keiner das Rad haben wollte.

Lothar fährt in rasendem Tempo die abschüssige Straße herunter. Er hat Pegasus im Griff. Er weiß genau, wie schnell er noch sein darf. Fabian stößt vor Vergnügen spitze schrille Schreie aus. Die Autos hinter ihnen hupen. Lothar schlenkert, um Fabian zu erschrecken. Jetzt schreien sie beide, weil es so toll ist. Lothar schreit wie ein Gorilla vor Freude darüber, dass Frau Schulrat unbedingt eins von seinen Gedichten lesen will. Martina Reinke kann jetzt gar nicht mehr anders als ihm eine Eins in Deutsch geben.

Welches Gedicht soll er ihr zukommen lassen? Er hat mindestens drei, die er gut findet. SCHNEEFRAGE ist sehr gut. SCHNEEFRAGE ist vielleicht am besten. Er wird es ihr per Post ins Schulratsamt zuschicken.

»Denk an die Hähnchen!«, schreit Fabian von hinten. »Sonst haben wir nichts zu essen.«

Heute geht es zu Fabian nach Hause, ausnahmsweise, weil Jutta einen Arzttermin hat. Lothar biegt in die Straße ein, wo der Wagen mit den Grillhähnchen steht.

Eine Portion Fritten. Zwei halbe Hähnchen. Macht genau zehn Mark.

Lothar sieht zu, wie der Mann in der Grillschürze das Hähnchen mit der Geflügelschere auseinanderschneidet und die Hälften in die Tüte versenkt. »Sie ist nie im Leben deine Mutter«, fängt Fabian an.

»Aber ich war absolut überzeugend. Und ich werde ihr ein Gedicht schicken. SCHNEEFRAGE.«

»Das passt nicht, ich sag dir's. Sie sitzt vielleicht nackt auf ihrem Sofa und liest SCHNEEFRAGE. Sie wird denken, der spinnt. Es muss immer im Rahmen bleiben, verstehst du?«

»Und was soll das heißen?«

»Wenn du nicht auffällst, verstehst du, cool, aber unauffällig, dann bleibst du im Rahmen.«

»In zwanzig Jahren bin ich unauffällig«, sagt Lothar und stößt den schrillsten Schrei der Woche aus.

»Scheiße«, sagt der Hähnchenmann. Er hat sich mit der Schere aus Versehen in die Hand geschnitten. »Macht euch fort, ihr Lumpenhunde.«

Fabian hat seine Hähnchenhälfte noch einmal in die Mikrowelle gestellt, weil er sie ganz heiß haben möchte. Lothar sitzt schon am Küchentisch und kaut. Ihm ist seins noch warm genug. Im Radio auf der Fensterbank dröhnt Technosound. Auf dem Regal an der Wand rast der Hamster in seinem Laufrad. Der Hamsterkäfig steht so weit oben, damit Michael Jackson, sein Bewohner, den Überblick hat.

»SCHNEEFRAGE«, sagt Lothar. »Ich kann's auswendig, hör zu.«

Fabian verdreht die Augen.

SCHNEEFRAGE

Geh ich durch Schnee
oder sink ich
ganz grundlos
schleif ich die Spuren
oder bin ich längst
abgehängt weit weg
und weiß zugeweht
oder werd ich noch
abgefunden mit einer Hand
Schnee von gestern?

Fabian nickt kurz und knapp, wie es seine Art ist. Scheint ihm gefallen zu haben.

»Könnte man singen«, sagt er. Lothar findet die Idee nicht gut.

»Also – kommst du mit ins Schwimmbad?«, fragt er.

»Vielleicht später. Ich mach jetzt Mathe.«

Er wird nicht Mathe machen. Er hat irgendetwas anderes vor, etwas ganz Tolles, etwas, bei dem er ohne Lothar sein will. Lothar geht ihm auf die Nerven. Fabian hat einen eigenartigen Gesichtsausdruck. So, als wollte er sagen, jetzt hör endlich auf. Quäl mich nicht länger.

»Man muss Mathe nicht zu Hause am Schreibtisch machen.«

»Ich kann Mathe nun mal nicht im Schwimmbad in mich reinbringen.«

In Fabians Gesicht ist etwas, das ganz und gar nicht zu Schwimmbad-Mathe-Hähnchen passt, aber Lothar versteht nicht, was es ist.

»Gut, ich schaffe mein Gedicht zur Post und bin danach im Schwimmbad.«

»Scheiß Schwimmbad! Hau endlich ab«, schreit Fabian plötzlich. Es ist ungerecht, und Lothar öffnet den Mund vor Empörung, sagt aber nichts. Fabian hat sich sofort wieder gefangen. Er lacht los.

»Viel Spaß«, wünscht er dann und verbeugt sich ironisch, als er Lothar zur Tür hinausgeleitet. Die Küchentür steht offen. Michael Jackson rennt noch immer auf der Stelle wie ein Rennhamster.

Lothar hört den Schwimmbadgeräuschen zu mit halb geschlossenen Augen. Das Aufklatschen der Springer, Kindergeschrei, das Plätschern der Duschen, leise Radiomusik von den Badetüchern um ihn. Es ist drückend heiß. Lothar bewegt sich nicht. Als er die Augen ganz öffnet, sieht er die beiden Polizisten vor sich. Das Erste, was er sieht, sind ihre spiegelnd blank geputzten schwarzen Schnürschuhe. Lothar spürt den tiefsten Schrecken, den ein Mensch empfinden kann.

Sie wollen ihm den Füllfederhalter wegnehmen. Sie wollen ihm verbieten, Gedichte zu schreiben. Gedichte schreiben ist wahrscheinlich verboten. Er hätte vorher fragen müssen. Alban hätte es bestimmt verboten. Lass den Quatsch, das nützt dir nichts im Leben.

Alban liest keine Gedichte. Alban liest noch nicht einmal Romane. Jutta hat ihn gebeten, wenigstens einmal *Vom Winde verweht* zu lesen oder *Scarlett* oder *Rebecca*. Aber Alban hat nur die Achseln gezuckt und gelacht. Er doch nicht.

Manchmal betrachtet Lothar die Leute in der Fußgängerzone, wie sie mit ihren bunten Einkaufstüten bepackt und handgeschriebenen Einkaufszetteln in der Jackentasche weiterhasten: Ohrenstäbchen, Blitz-Badreiniger, Chromputzmittel, Tomaten, Sonnenblumenöl. Lothar hat in allen seinen tausend Taschen, sogar in seiner Fahrradtasche, kleine abgerissene Zettel mit Gedichtanfängen oder Gedichtenden, die ihm bei irgendeiner unmöglichen Gelegenheit einfach so eingefallen sind.

Das Furchtbare ist, alle diese Leute könnten jeden Tag die tollsten Gedichte von Peter Rühmkorf, von Heinrich Heine, von Gabriella Mistral und wer weiß wem lesen. Es würde sie keine Mark kosten. Sie könnten in die Stadtbücherei gehen und sie ausleihen. Oder sie bräuchten sich nur in eine Buchhandlung zu stellen und in der Abteilung »Gedichte und Lyrik« irgendeinen Band herauszugreifen und darin zu blättern. Gedichte sind kurz. Man kann sie ganz schnell lesen und wieder weggehen. Aber diese Leute tun es nicht. Sie lesen lieber Nützliches, also etwa Kochbücher oder Anleitungen zum Häkeln oder zum Segeln. Nur Gedichte, die interessieren sie nicht. Es gibt Menschen, die nie lügen, ihre Wohnung in Ordnung halten, ihr Auto jeden Samstag durch die Waschstraße fahren und ihr ganzes Leben lang ohne Gedichte auskommen, ohne etwas zu vermissen. Lothar denkt, dass sie irgendwann einmal aufwachen mit einer Art Schmerz und plötzlich wissen, dass ihnen etwas ganz Gewaltiges fehlt. Etwas, wofür sie keine Worte haben, etwas, das wie ein dunkler Abgrund ist.

Die Polizisten stehen vor ihm und sehen ihn schweigend an. Möglicherweise sagen sie auch etwas, aber Lothar hört es nicht. Er sieht die Handschellen.

Er hat zu lange in der Sonne gelegen. Er ist eingeschlafen. Er träumt. Handschellen für einen wie ihn, das ist unwahrscheinlich. Lothar kneift die Augen zu, öffnet sie wieder. Aber sie sind immer noch da. Sie sind seinetwegen gekommen. Es ist kein Irrtum. Ihn haben sie gesucht.

4. Schuldig

Über dem schwarzen Ledersofa tickt die Uhr wie ein Menschenherz in Vergrößerung. Das Wohnzimmer ist aufgeräumt, der runde Kiefernholztisch, an dem Alban ihm gegenübersitzt, säuberlich abgewaschen. Mit verweinten Augen steht Jutta etwas abseits über das Bügelbrett gebeugt und lässt das Eisen über Küchenhandtücher und Oberhemden gleiten. Sie hat ihr Gesicht abgewendet, Lothar weiß, dass sie lautlos vor sich hin weint.

Lothars Mund ist trocken. Diesmal, das weiß er, wird Alban ihn erwürgen oder so lange auf ihn einschlagen, bis alles zu spät ist. Hinterher wird es ihm leid tun. Bleich im Gesicht und mit zitternden Händen wird er im Türrahmen stehen, während die rotjackigen Sanitäter sich über Lothars leblosen Körper beugen, seinen Puls an der Halsschlagader zu tasten versuchen, vergeblich, ihre Köpfe über Nase und Brustkorb halten und dann mit den Wiederbelebungsmaßnahmen beginnen, vergeblich. Jutta wird ›Nein, nein‹ schreien und sich über ihn werfen: ›Wach auf, Lothar, wach auf!‹

Alban trägt ein blau-rot kariertes Holzfällerhemd und noch die Bügelfaltenhose, die er tagsüber im Büro anhat. Die Bügelfaltenhose gibt dem, was er tut und sagt, etwas Offizielles.

›Wo ist die Waffe?‹, fragt Alban zum dritten Mal. Die Tatwaffe. Das Geschoss. Diese Frage haben sie im Polizeirevier auch gestellt. Immer wieder. Wo er sie versteckt hätte. Von wem er sie bekommen hat. Ein paarmal hatte er überlegt, alles zuzugeben, nur damit sie aufhörten, diese bohrenden Fragen zu stellen. Aber dann würden sie sicher noch mehr wissen wollen: wo versteckt, wann genau. Und natürlich würden sie versuchen, die Waffe zu finden.

Alban springt auf mit verzerrtem Gesicht, der Stuhl fällt nach hinten um. Jutta schreit auf: ›Alban! Tu's nicht!‹

Lothars Metallbrille zerreißt irgendetwas in seinem Gesicht, ehe sie an ihm vorbeifliegt, Lothar taumelt, fängt sich wieder und wirft sich nach vorne, den Schlägen entgegen. Aus seiner Nase tropft etwas, und sie fühlt sich taub an. Zurückzuschlagen, sich zu wehren, wäre leicht, wenn sein Herz nicht so flatterte, seine Arme nicht so taub wären. Diesmal schlägt Alban erbarmungslos zu, ohne zu sprechen. Sie keuchen beide. Irgendwann fällt Lothar zu Boden, schlägt mit der Stirn gegen ein Tischbein und hält die Arme schützend vor den Kopf, den er kaum noch spürt.

›Ich war's‹, sprudelt er hervor. ›Ja, ich war's. Ich gebe alles zu.‹ Nie wieder wird er sich irgendwo sehen lassen können. Tagelang noch wird sein Gesicht blutunterlaufen sein. Alle werden sofort alles wissen. (Sein Alter war wieder besoffen und hat ihn grün und blau geprügelt. Lothar Lügengesicht. Lothar Lügengesicht. Lothar lügt so schauerlich. Lothar lügt immer. Und Vanessa wird über ihn hinwegsehen aus den dunkelsten aller Augen, hin zu Mirko und Berthold.)

Die Wahrheit ist: Alban Liegle trinkt überhaupt nicht, er ist kein Alkoholiker. Er ist überaus korrekt, ein netter, vertrauenswürdiger Versicherungsvertreter, der sich an die Spielregeln hält. Aber irgendwie bringt Lothar ihn immer wieder in fürchterliche Wutzustände, Lothar mit seiner entsetzlichen Lügerei und seiner ganzen Art. Alban hat in gewisser Weise recht. Alban kann nicht anders. Mit Lothar muss man so umgehen.

Lieber Gott, ich träume, wir haben Mathe, Mirko und Berthold spielen Karten. Lieber Gott, lass jetzt Mathe sein. Lieber Gott, lass mich die Nacht überleben. Alban legt gleich wieder los.

›Steh auf vom Teppichboden, du Schwein‹, sagt Alban. ›Ich werde dich windelweich schlagen, jeden Knochen zerbrech ich dir einzeln. Du hast Fabian umgelegt, ich hab sofort alles gewusst.‹

Lothar steht nicht auf. Es geht nicht. Er kann nicht. Seine Beine, seine Arme bleiben einfach liegen, gehorchen ihm nicht mehr. Von irgendwoher klingelt es. Die Türklingel, das Telefon, vielleicht Kirchenglocken, egal, es ist das Ende, es ist der Tod, er wird gleich sterben. Wie Kirchenglocken. SCHWANENKINDER, LOTHAR. WIR GEHN SCHWÄNE FÜTTERN. ES IST NICHT MEHR WEIT. GLEICH SIND WIR DA.

›Du Stück Dreck‹, sagt Alban. Lothar spürt den Tritt in seine Rippen kaum noch. ›Steh auf, du Stück Dreck!‹ Alban liebt solche Wiederholungen, und noch nie hat er sich so im Recht gefühlt wie jetzt. ›Du bist ein Abschaum.‹ Und dann schreit er ganz laut: ›Du Satansbrut, am liebsten möcht ich dich gegen die Wand werfen.‹

Lothar wird nie wieder hier herauskommen, nicht lebend, so viel ist sicher, und er kann schon nichts mehr denken, aber unablässig denkt es in ihm weiter. Etwas in ihm spricht, und er hört hin, obwohl die Stimme schwächer wird. Die Stimme wiederholt: WIESEN. Und ganz weit weg: NUSSHÖRNCHEN MIT MARZIPAN, MAGST DU DOCH.

KARUSSELL. Einen Moment sieht er, wie sich das gelb und

rot lackierte Karussell dreht. Es ist heiß. Er steht in Sandalen im warmen Sand. Jemand reicht ihm einen Plastikbecher mit Orangenlimonade.

Es klingelt immer weiter. GLEICH SIND WIR DA, lockt die Stimme. Aber sie sind noch lange nicht da. Windelweich. Grün und blau. Satansbrut. Stück Dreck. Dreck am Stück. Dass er niemand mehr ist, dass ihn niemand vermissen wird, dass er es getan hat, dass er schuld ist – es ist erwiesen. Zu Recht liegt er am Boden. Schlimm und nicht wiedergutzumachen, dass der Teppichboden dabei blutig wird, schmutzig von ihm. Der eigentliche Schmutz, der ist nämlich er, Lothar Liegle, Lothar Lügengesicht.

RECHTS ODER LINKS. RECHTS ODER LINKS. GLEICH MACH ICH DIE HAND AUF. Wiesen, denkt Lothar mit der letzten Kraft, die noch in ihm ist. Der Bach, die Wiesen hinter dem Schwimmbad. Wenn er tot ist, wird er sich ins Gras an den Bach setzen und den Libellen zusehen, die über die Wasserfläche schießen und für Augenblicke in der Luft stehen bleiben.

Die Polizisten sitzen um den Kieferntisch, die Mützen liegen auf der Tischplatte. Jutta hat Bier geholt und Gläser. Die Herren schütteln den Kopf. Im Dienst seien sie und müssten gleich wieder weiter. Nur noch wenige Einzelheiten, die zu Protokoll gegeben werden müssten. Der Tathergang sei jetzt geklärt, die Aussage des älteren Bruders sei eindeutig, vor allem aber, die Tatwaffe sei gefunden worden. »Ein tragischer Unglücksfall.«

›Unser Lothar lügt immer so schrecklich‹, stammelt Jutta und weint dabei. Sie hat die leiseste Stimme, die Lothar je bei einer Frau gehört hat. Dabei ist Jutta rein äußerlich betrachtet nicht schwächlich. Sie ist groß und breitschultrig. Vielleicht hat sie früher einmal eine laute kräftige Stimme gehabt, als sie Alban noch nicht kannte.

›Er hat alles zugegeben‹, sagt Alban dumpf und möchte darauf beharren, dass es sein Sohn war. Der einzige Täter, der in Frage kommt. Mit seinem Freund Fabian in die Wohnung gegangen. Zusammen haben sie Hähnchen und Fritten in der Küche verzehrt, während Michael Jackson im Laufrad auf der Stelle wie ein Verrückter gerannt ist. Danach sind sie in Streit geraten. Lothar, dieser Abschaum, hat die Tatwaffe gezückt, eine Pistole oder ein Gewehr, und Fabian in die Stirn geschossen. So war der Ablauf. Danach ist er seelenruhig rüber ins Schwimmbad gegangen und hat sich Kaugummi kauend auf die Liegewiese gebreitet, bis die beiden uniformierten Polizisten mit den Handschellen vor ihm standen und von dringendem Tatverdacht sprachen.

Lothar sitzt mit am Tisch und trinkt eine Cola. Vor seinen Augen tanzen stäbchenförmige Blitze. Die Libellen vom Bach. Er spürt die Hitze des Nachmittags.

Es ist jetzt aber tiefe Nacht. Kommissar Breithaupt versucht, Alban zu beruhigen. Aber Alban will aufbrausen. Was mit Lothar sei, fragt der Kommissar. ›Nasenbluten‹, sagt Jutta eilfertig und niemand glaubt ihr. ›Er hat dauernd Nasenbluten.‹ Ihrer dünnen, zittrigen Stimme glaubt niemand, und sogar Alban wirft ihr einen ärgerlichen Blick zu.

Alban sagt jetzt, ihm seien die Nerven durchgegangen. Er sagt es in einem Ton, als wollte er die Sache endgültig klarstellen. Der Kommissar scheint ihn sofort zu verstehen und wirft Lothar einen scharfen Blick zu aus tief liegenden, leidgewohnten Augen. Lothar prüft für sich, wie der Polizist über ihn denkt. Kommissar Breithaupt denkt nichts Gutes über ihn, auch wenn er nicht der Täter ist, wie er zunächst annehmen musste. Lothar sieht nämlich aus wie ein Täter, wie einer, der seinen Freund im Zorn umbringt, einfach so. Er ist unsympathisch, das muss es sein. Lothar konnte sein Gesicht im Spiegel noch nie leiden, dieses Gesicht mit dem schiefen Mund und dem komischen unklaren Blick. Der zweite Polizist, der seinen Namen nicht genannt hat und jünger ist als der andere, wendet sich plötzlich scharf an Alban und sagt: »Herr Liegle, so geht's nicht ...«

Dann ist wieder alles wie vorher. Keiner sagt ein Wort, auch Alban nicht. Lothar kann Alban nicht ansehen. Auch nachher nicht. Er wird ihn erst wieder ansehen, wenn Alban Jutta anschreit, sie hätte ihren Sohn gegen seinen Vater aufgehetzt, und Jutta ihn anfleht: ›Sei vernünftig. Komm wieder zu Verstand. Mach es mir nicht so schwer.‹

5. Schwarz

Beerdigungen in Filmen sind wie Taufen und Hochzeiten, sie machen sich irgendwie gut. Der Tod hat immer etwas Großartiges. Und heute Morgen ist es schon wieder wie im Film, alle in Schwarz, nein, Lothar nicht, er hat gar nichts Schwarzes. Er hat diesmal Jeans an, den Kampfanzug hat er Jutta zum Waschen gegeben, und über einem weißen T-Shirt die Jeansjacke, das ist dunkel genug. Lothar ist mit Pegasus zum Waldfriedhof gekommen, es geht ein Stück den Berg hoch, da musste er ganz schön strampeln. Die Trauerhalle ist unten gleich neben dem Eingang, der Friedhof zieht sich wie ein Park ein Stück den Berg hoch. Zwischen den Gräbern stehen alte Bäume und wenn man nicht genau hinsieht, denkt man, man wäre im Wald. Nicht weit vom Eingang ist das Grab von Lothars Oma, es ist eins von den ersten gewesen, als der Friedhof angelegt wurde.

Vanessa und Mirko stehen vor der Trauerhalle. Sie sind noch nicht drin, und Vanessa heult trotzdem. Und Mirko hat auch rote Augen. Als Lothar es sieht, fühlt er sich wie ein Sieger. Es macht ihm nämlich überhaupt nichts. Er ist absolut cool. Er steht drüber. Es geht nicht an ihn ran. Die meisten Eltern sind gekommen. Alban und Jutta nicht, selbstverständlich nicht. »Mir geht das alles zu nahe«, hat Jutta gesagt. Und Alban hat sowieso Außentermine.

Da drüben steht Martina Reinke im Gespräch mit Big Jensen, der die Rede halten wird. Sie hat die Brille auf und einen Moment lang weiß Lothar, ohne dass er hingesehen hat, dass sie die Brille deshalb aufgesetzt hat, damit es nicht so auffällt, wenn sie weint. Arme Martina. Er, Lothar, ist der Einzige, der ihr helfen könnte. Er könnte ihr sagen, dass alles auch sehr komisch ist. Er blickt durch wie nie. Am liebsten würde er es laut hinausschreien.

»Setz dich neben mich, Lügenface«, flüstert Vanessa. »Hast du Papiertaschentücher dabei? Ich hab nur eine Packung mitgenommen.«

Die Metalltür der Trauerhalle ist halb offen. Ganz vorne steht ein weißer Sarg mit goldenen Griffen und Verzierungen wie bei geschmacklosen Schlafzimmermöbeln. Einer nach dem anderen gehen sie leise und vorsichtig hinein, keiner lacht, keiner tuschelt, und setzen sich in die beiden mittleren Reihen, die Jungs und Mädchen aus der Klasse. Ganz hinten wollen sie nicht hin, ihnen ist klar, dass sie näher heran an Fabian gehören. Aber zu nahe auch nicht, das würden sie nicht aushalten.

Lothar wendet den Blick ab und starrt in die Ecke. Den Sarg mit Fabian anzusehen ist ziemlich hart. Lothar stellt sich vor, dass er im Kino ist. Alles nur gedrehte und gestellte Szenen, der Sarg natürlich leer.

Fabian hat den Teller mit den kalten Fritten in die Mikrowelle gestellt und die Ketchupflasche aus dem Kühlschrank geholt. Dann hat er sich eine Fanta eingegossen und dann –

Fabian ist wieder abgehauen, so wie damals, als er fast eine Woche weg war. Abhauen ist das Beste, was einer tun kann. Fabian sitzt neben einem Trucker. Es geht über die Autobahn. Fabian singt mit seiner dunklen Männerstimme zur Radiomusik und freut sich, dass sie schon so weit weg sind.

Im Mund hat Lothar den Geschmack von kaltem, öligem Paprikahähnchen.

Fabian ist abgehauen und hat ihm nichts davon gesagt. Hat

getan wie normal. Hat das Fritten-Hähnchen-Spiel gespielt, nur für ihn, hat sich SCHNEEFRAGE angehört und ganz normale Witze gemacht und wusste doch schon und hatte schon die Tatwaffe besorgt, diese Pistole aus der Nachttischschublade seines Vaters.

Genau genommen hätte Lothar nie zum Schwimmbad gehen dürfen. Er, Lothar, hätte es spüren müssen. Er hätte nur sitzen bleiben und Mathe mit ihm lernen müssen. Dann hätte Fabian es nicht tun können. Dann hätte er es an diesem Nachmittag jedenfalls nicht getan.

Es ist vorbei, Mann, fang neu an. Cool bleiben, das ist es. Und ihm ist sehr cool. Hier und jetzt fühlt er sich sogar gut. Es war eben so und nicht anders.

Es riecht wie in einer Kirche, nach feuchtem Stein, kühl und nach Blumen. Um den Sarg herum sind Kränze aufgebaut und Blumentöpfe. Lothar kennt den Pfarrer nicht, der hereintritt. Von irgendwoher kommt Orgelmusik, aber man kann die Orgel und den Organisten nicht sehen.

Alle aus seiner Klasse weinen, als der weiße Sarg, in dem Fabian, ja wirklich Fabian, liegt, aus der Trauerhalle getragen wird.

Als Lothar von seinem Polsterstuhl aufsteht, während Vanessa schon im Gang aufgestellt ist, steigt in ihm völlig unerwartet etwas Entsetzliches hoch, sein Herz fängt an zu rasen vor Schrecken. Er muss es niederkämpfen, ehe alle sich umdrehen und mit Fingern auf ihn zeigen. Er hat einen Lachkrampf bekommen. Er ist unmöglich. Er ist gefühllos. Er ist ein Monster. Martina Reinke wird ihn sehen und angewidert sein. Alle, die hier sind und trauern, werden ihn für ein Monster halten. Und Lothar bleibt stehen, presst seine Hände vors Gesicht und krümmt sich vor Lachen. Warum weinen sie alle und warum fühlt er überhaupt nichts, das denkt er dabei. Da, wo alle aus seiner Klasse, die Lehrer, die Nachbarn, die Verwandten ein Herz haben, hat er ein Loch, eine Lücke.

Vanessa berührt seine Schulter. »Was ist los«, flüstert sie. »Komm raus.«

Er kann nicht, er muss hierbleiben und lachen, lachen, lachen.

»Ich hau dir eine runter, wenn du nicht aufhörst«, zischt Vanessa.

»Bitte«, prustet er.

»Ich kann nicht. Es geht nicht«, murmelt sie und heult fast dabei.

Die Sitzreihen haben sich geleert. Nur er und Vanessa stehen noch in der Trauerhalle.

»Wo warst du die letzte Woche? Das mit der Erkältung glaub ich nicht«, sagt Vanessa fordernd.

Tot, denkt er, tot, grün und blau geschlagen von Alban, mit geschwollener Nase. Und die Brille musste repariert werden. So geht mir der nicht in die Schule, hatte Jutta bestimmt. Das war alles zu viel für ihn.

»In New York«, sagt er. Vanessa glaubt es sofort. Jeden Satz, den er sagt, nimmt sie ihm ab, und Lothar kann nicht mehr aufhören. »Es war mal wieder fällig. Bin trotzdem froh, dass ich wieder zurück bin. Diese Stadt macht einen fertig. Und dann noch im Sommer. Überall die toten Katzen auf dem Pflaster. Die begehen Selbstmord, weil sie im Hochhaus leben, irgendwo im 37. Stock. Die lassen sich einfach runterfallen.« Er hat das mit den überdrehten New Yorker Haustieren in der Zeitung gelesen und sich sofort weiter ausgemalt. »Die ganze Stadt stinkt nach toten Katzen. Es ist schwül und schwitzig. Glaub bloß nicht, dass es toll war. Und diese eingebildeten Models, die sind unheimlich zudringlich. Die glauben, weil ich Juttas Sohn bin, könnten sie alles mit mir machen. Diese Evangelista, ich weiß nicht, ob dir der Name etwas sagt – Woody Allen haben wir auch gesehen. In seiner Stammkneipe am Broadway.«

»Ich hab keine Lust, mir jetzt blöde Modelgeschichten anzuhören«, sagt Vanessa wütend.

»Ich hab's aber alles mitmachen müssen«, stößt er hervor und lacht los. »Woody wollte unbedingt am Flipperautomaten mit mir zusammen spielen. Und dann hat er meine Mütze aufgezogen. Kannst du dir Woody mit meiner Mütze vorstellen?«

Vanessa schlägt zu. Es ist auszuhalten, aber trotzdem so, dass er den Atem anhält. Etwas in ihm zerreißt. Der Film ist vorbei. Alles wird echt.

»Fabians Bruder hat gesagt, du sollst vorbeikommen und dir den Hamster abholen«, flüstert Vanessa.

Ja, wird er machen. »Du und ich, wir stehen hier in der Trauerhalle, live«, murmelt er, Vanessa versteht nicht, was er meint. Sie ist nur erleichtert, dass er aufgehört hat zu lachen.

»Es ist saublöd gelaufen«, sagt sie. »Für dich ist es am schlimmsten, das wissen wir ja alle. Heul doch endlich auch mal, wenn du so weitermachst, bekomme ich Angst vor dir.«

Er kann nichts sagen. Natürlich kann er auch nicht heulen.

»Du kannst nichts dafür. Du bist nicht schuld. Sein Vater hätte eben nicht diese geladene Pistole im Nachttisch haben dürfen. Irgendetwas hat mit Fabian nicht gestimmt. Vielleicht kriegen wir es nie raus, warum er es getan hat. Vielleicht geht es uns ja nicht einmal etwas an. Fabian ist tot. Ich finde, wir müssen nicht alles wissen.«

Er hofft, dass sie ihn anfasst. Er hofft, dass sie ihn bei der Hand nimmt und aus der Trauerhalle hinausführt. Er kann jetzt keinen Schritt mehr tun.

»Bitte sag doch auch mal etwas. Lothar, bitte, bitte.« Vanessa weint jetzt und streichelt ihn. Ihre Finger fühlen sich warm an.

Das kann sie nicht ernst meinen, das macht sie nur so, es hat nichts zu bedeuten, ab heute wird sie ihn hassen und verachten. Ab heute werden alle ihn widerlich finden, durchfährt es ihn, und sie werden recht haben. Und dann muss er schon wieder weiterlachen, immer lauter, immer schrecklicher.

Vanessa ist fortgegangen. Sie verabscheut ihn, er spürt es, er weiß es. Alles ist komisch. Nur dieser kalte Paprikageschmack im Mund, der nicht weggeht, der ist zum Heulen. Sie hat ihn nicht an der Hand genommen und mit sich ins Freie geführt. Jetzt steht er hier, der letzte in der Trauerhalle, wie festgewachsen. Lothar denkt, dass es komisch ist. Das ganze Leben ist ein Witz. Das Komischste daran ist, dass nur er es durchschaut hat.

6. Die Spur der Schildkröte

»Ihr habt die Arbeit längst zurück, du machst mir nichts vor. Du nicht, dir glaub ich nichts mehr«, sagt Alban.

Lothar sieht auf und versucht, gleichgültig auszusehen. Es geht um viel. Noch einen guten Tag, den letzten guten Tag in diesem Leben, will er gewinnen. Alban muss nur überzeugt werden. Glückt ihm das, hat er einen langen Tag gewonnen. Er wird jede Stunde genießen, jede Minute, als wäre sie doppelt. Es wird ihm gelingen, sie auszudehnen. Was er alles tun wird: seine Lieblingsplatten hören, noch einmal den Schluss von *Winnetou III* lesen und das neue Buch von Stephen King anfangen...

Bis morgen Nachmittag ist noch lange hin. Morgen soll Alban ihn dann eben totschlagen. Morgen wird er es eher ertragen. Möglich wäre auch, dass er eine neue Chance bekommt. Vielleicht bricht doch noch ein Krieg aus. Oder ein Erdbeben. In der Schwäbischen Alb gibt es immer wieder mal ein kleines Erdbeben. Es müsste natürlich schon eine größere Sache sein. Vielleicht verunglückt Alban mit dem Auto. Oder er macht ein, zwei gute Abschlüsse heute Abend und hat ganz tolle Laune... Oder irgendein Politiker wird entführt, oder ein riesiger Terroranschlag, jemand sprengt den Stuttgarter Bahnhof in die

Luft und Alban sitzt vor dem Fernseher und verfolgt sämtliche Sondersendungen und aktuellen Berichte vom Krisengeschehen... Eine Katastrophe wäre die Rettung für ihn, und sie könnte durchaus bis morgen eintreten.

Lothar weiß, daß er sich nicht gut verstellen kann, schon spürt er, wie er rot anläuft. Es ist unwahrscheinlich, dass die Mathearbeit immer noch nicht zurückgegeben worden ist. Unwahrscheinlich zwar, aber doch wieder möglich.

»Diesmal dauert es. Wegen der ganzen Geschichte mit Fabian«, fügt er hinzu. Eine Lüge muss genauso gut begründet werden wie eine Wahrheit. Auch die Wahrheit kann unglaubwürdig sein, wenn man sie schlampig erzählt.

»Ich kann deine Lügenvisage nicht mehr sehen«, schreit Alban.

»Ich kann Jensen nicht zwingen, Klassenarbeiten innerhalb von drei Tagen zu korrigieren, der Mann hat unheimlich viel zu tun«, sagt Lothar tollkühn. Es wird schwer sein, morgen oder übermorgen zu erklären, dass er eine Sechs hat.

»Gut, wie du willst, dann werde ich Jensen eben anrufen«, sagt Alban leise und drohend. »Jutta, such mir die Nummer raus.«

»Sie haben ein Erdbeben für heute Nachmittag 16.35 Uhr angekündigt«, sagt Lothar kühl und beiläufig.

Alban stiert ihn blödsinnig an. »Was für ein Erdbeben?«

»Ein mittleres Beben mit Epizentrum um die Burg Teck herum. Sie haben gemeint, es könnte so eine Art Graben dabei entstehen und der Kirchturm in der Innenstandt würde es wahrscheinlich nicht durchhalten. Deswegen haben sie das Gerüst um die Kirche gebaut. Hast du sicher gesehen.«

»Ich rufe Jensen an«, sagt Alban wie ein Idiot.

Die Welt geht unter, Bomben stürzen auf das Dach des Hauses, überall heulen die Sirenen los, Brandgeruch liegt in der Luft. Alles egal, Alban will bloß das Problem mit der Mathearbeit klären.

»Einen Evakuierungsplan haben sie auch durchgegeben«, sagt Lothar. »Einige Straßenzüge sollen –«

»Ich rufe erst deinen Lehrer an. Hast du die Nummer, Jutta?«

»Ob er jetzt zu Hause ist, wage ich zu bezweifeln.« Nur nicht aufgeben, sagt sich Lothar. Noch hat Alban die Nummer nicht gewählt. Jeden Moment können die ersten Erdbebenstöße die Fensterscheiben zerschmettern. Alban könnte einen Herzinfarkt bekommen. Alban könnte wie vom Schlag getroffen –

Weder Alban noch Jutta interessieren sich im mindesten für das Erdbeben. Jutta blättert im Telefonbuch. Mit tonloser Stimme sagt sie die Nummer. Alban greift zum Telefonhörer, sieht noch einmal in Lothars Gesicht. Lothar schweigt. Alban tippt die Zahlen. Er wird wirklich bei Jensen fragen. Das Rufzeichen ertönt. Alban hat lautgestellt. Einmal, zweimal –

»Halt«, schreit Lothar und seine Stimme überschlägt sich. Er krächzt: »Ich hab eine Sechs.«

Alban drückt auf die Gabel.

»Lothar!«, schreit Jutta.

»Dem ist nicht zu helfen. Der lügt wie ein Krimineller«, sagt Alban hasserfüllt. »Der landet eines Tages im Kittchen.« Er sagt es nicht zu Lothar, seine Worte gelten Jutta: Dein Sohn, da hast du es, und du redest noch mit dem, mit diesem Abschaum, mit diesem Stück Dreck.

»Ich kann nicht mehr«, sagt Alban. »Wer lügt, der stiehlt, wer stiehlt, der brennt und wird zuletzt an den Galgen gehängt, das hat mein Vater zu mir gesagt. Im Gegensatz zu dir, Jutta, hab ich nämlich eine Erziehung gehabt. Keiner bei uns in der Familie hat gelogen oder gestohlen. Wir hatten keine Kriminellen und keine Verrückten in der Familie!«

Jutta weint leise vor sich hin, Lothar spürt, sie sieht es genauso wie Alban, sie fühlt sich auf geheimnisvolle Weise daran schuld, dass Lothar so ist. Sie weiß auch, dass Lothar – ja was? Was wird er tun, was wird aus ihm werden?

Von ihr ist kein Beistand zu erwarten. Jutta wird weiterhin Kuchen für Kuchen für ihr Lotharle rühren und backen. Abendelang wird sie mit klappernden Stricknadeln auf dem schwarzen Ledersofa sitzen und Pullover nach Pullover für ihn fertig stellen, auch warme Winterschals und Schafwollsocken für den Winter, wenn er bei Eis und Schnee mit dem Fahrrad unterwegs ist. Blitzschnell steigen Visionen in Lothar auf, Szenen aus Filmen, die er gesehen hat: Mütter, die sich zwischen Vater und Sohn warfen oder mit ausgebreiteten Armen vor ihren Sohn stellten. »Rühr ihn nicht an!« Sophia Loren könnte es gewesen sein. »Nur über meine Leiche.« Die Cardinale. Ein italienischer Vater, der zähneknirschend von seinem Sohn abließ. Wenn Alban Lothar prügelt, verlässt Jutta das Zimmer. Sie hält sich raus. Hinterher, wenn Lothar sich bei ihr beklagt, wehrt sie ab: »Du übertreibst maßlos.« Oder sie sagt, er sei selbst schuld: »Du musst ihm ja nicht immer widersprechen.« Ein anderes Mal hat sie erklärt: »Dein Vater ist ein sehr guter Mensch, allerdings ist er jähzornig. Das ist eine Veranlagung. Er kann nichts dafür. Du darfst ihn eben nicht reizen.«

Unzählige Male hat Alban schon zugeschlagen. Er hat Lothar im Zorn gegen die Türkante geworfen, das Ergebnis war eine Platzwunde an der Stirn und ein übler Fleck im Teppichboden. Er hat ihm mit der Handkante so gegen den Hals geschlagen, dass Lothar auf den Boden fiel und längere Zeit keine Luft mehr bekam, und oft hatte Lothar hinterher tagelang Kopfschmerzen. Schwindelgefühle und blaue Flecken sowieso. Und doch ist es jedesmal wie das erste Mal. Bis zuletzt denkt Lothar, er wird es diesmal doch nicht tun, weil ich ihm leid tue. Manchmal muss er schrecklich weinen, nicht weil es weh tut, das ist nur eine Begleiterscheinung, sondern weil es niemand auf der Welt gibt, der sich um ihn sorgt, niemand, der ihn beschützt, und weil Alban so mitleidlos zuschlägt. Ob er dabei stirbt oder nicht, ist fast egal. Lothar spürt, dass er bei jedem von Albans Wutanfällen dem Tod nahe ist. Einmal, als er noch kleiner war, hat er geschrien: Hör auf, Papa, ich hab dich lieb! Mehrfach hintereinander wie ein Verrückter, aber Alban hat es in seinem Zorn wohl nicht gehört.

Das Wort »Papa« geht ihm schon längst nicht mehr über die Lippen, er kann es einfach nicht mehr aussprechen. Er redet Alban gar nicht mehr an. Wenn er an ihn denkt, dann immer als »Alban«. Er ist sich auch recht sicher, dass Alban die Anrede »Papa« immer peinlich gewesen ist. Sein Sohn Lothar muss für Alban von Anfang an unangenehm gewesen sein. Irgendetwas hat von Anfang an nicht mit ihnen beiden gestimmt.

»Es wird kein gutes Ende mit ihm nehmen«, sagt Alban zitternd am ganzen Körper. Es ist nichts als Wut und Hass. Und dann schlägt er zu. Links und rechts haut er Lothar um die Ohren und hört so schnell nicht damit auf. Mit jedem Schlag wird ein Stück Lothar erschlagen. Nach dem zweiten Schlag denkt Lothar nichts mehr. Er denkt nicht mal mehr, dass es aufhören soll. Es wird nie aufhören. Das, was hier und jetzt geschieht, ist sein eigentliches Leben, ist das wahre Leben. Das davor und das danach sind Lügen gewesen, werden Lügen sein.

Alban will einen anderen Menschen aus ihm machen, einen besseren, einen, der Alban ähnlich ist, einen anderen Lothar. Auch dann, wenn Lothar nie gelogen hätte und nur die reine Wahrheit erzählen würde, würde Alban ihn verprügeln und ihm misstrauen. Er, Lothar von jetzt und heute, soll verschwinden. Er soll nicht mehr sein. Aber Alban kann ihn nicht umbringen, weil man Kinder nach geltendem Recht nicht umbringen darf. Doch er würde es tun, wenn es einen allgemein anerkannten Weg dazu gäbe. Alles in Lothar wird stumm und taub unter Albans Schlägen. Lothar hat aufgehört zu denken, weil jeder Gedanke sinnlos ist. Alles, was er sagt, ist falsch. Alles, was er tut, ist falsch. Weit draußen vor der Haustür, unerreichbar für ihn, sind die Menschen nett und manierlich, irgendwo in der Stadt lachen Väter mit ihren Kindern, gehen Omas mit ihren Enkeln. Vor der Haustür gleich unten auf der Straße ist das

Leben gut und warm. Aber er, Lothar, wird hier nie lebend herauskommen.

Lothar könnte hinterher nicht mehr sagen, wie es ihm gelungen ist, aus der Wohnung zu flüchten. Jedenfalls steht er irgendwann im Treppenhaus, den Fahrradschlüssel für Pegasus hat er umklammert und er weiß, dass er in der Hosentasche auf den Pfennig abgezählt eine Mark sechzig hat, für die er sich ein Nusshörnchen kaufen wird. An der Wand im Hof lehnt Pegasus, silbern und schwarz. Drüben auf der anderen Straßenseite blinkt die Glastür der Bäckerei wie ein Versprechen. Lothar streichelt Pegasus' Lenker, die Fahrradklingel. Er selbst lebt noch und Pegasus steht da wie gestern und vorgestern, so als sei überhaupt nichts vorgefallen... Ganz langsam setzen seine Gedanken wieder ein. NUSSHÖRNCHEN, KRIEGST EIN EIS. KOMM, WIR HOLEN UNS WAS GUTES. Die Sonne scheint auf die roten Verbundsteine zu seinen Füßen. Er ist wieder da, wo das Leben gut und warm ist.

Allmählich wird er aufs Neue zu Lothar. Es geschieht im Fahren. Er spürt den Wind im Gesicht, seine Finger, die die Lenkergriffe aus Hartgummi umfasst halten. Ganz leicht fühlt er sich, wie einer, der fliegt. Nur die Ampeln in der Stadt halten ihn manchmal auf. Auf den Bürgersteigen gehen Mütter mit kleinen Kindern. Er sieht Mirko, der sich vor der Scheibe des Computergeschäfts die Nase platt drückt. Mirko sieht ihn nicht. Dann geht es durch die neugebaute Siedlung Nägelestal, die Straße abschüssig, und Pegasus wird so schnell, als hätte er längst vom Boden abgehoben. Im Himmel drüben über der Hahnweide gleiten lautlos die Segelflieger in den warmen Ab- und Aufwinden an der Alb entlang.

Er biegt von der Autostraße in den Waldweg ein und bald ist er da, wo er hinwollte. Er stellt Pegasus am Fahrradständer hinter der Gaststätte ab und schließt das schwere Schloss um Hinterrad und Fahrradgestell. Hinter dem Gasthaus beginnt der erste Bürgersee mit den Badetreppenstufen. Heute sind viele Kinder da und lassen ferngesteuerte Modellboote über die Wasserfläche kreuzen. Ein paar Schwimmer drehen ihre Runden, Angler sitzen mit Plastikeimern an der Uferböschung. Ab und zu schnappt ein Karpfen nach Luft. Der erste See ist der größte und belebteste. Der zweite daneben ist für Boote und Schwimmer gesperrt. Der dritte See weit hinten ist so klein und schilfbewachsen, dass niemand auf den Gedanken käme, hier irgendwelchen Sport zu treiben. Lothar legt sich ins trockene Gras unter eine etwas vornübergebeugte Krüppelbirke am Ende des letzten Teichs. Das ist sein Platz, sein Versteck. Hier würde ihn keiner finden. Er holt das Nusshörnchen aus der Bauchtasche seines dunkelblauen Overalls und beißt hinein. Und dann sieht er sie, die Sumpfschildkröte, *seine* Schildkröte.

Sie ist ungefähr so groß wie ein Rugbyball. Erstaunlich schnell paddelt sie durch das Wasser und zieht eine lange Spur dabei. Immer wenn sie unvermutet aus der Tiefe auftaucht, denkt er, dass sie vielleicht nicht wirklich ist. An den Tagen, an denen sie unsichtbar bleibt, wartet er auf sie und hofft, dass sie doch noch kommt. Jetzt, während er sie beobachtet, muss er es wieder denken: sie ist ganz unwahrscheinlich. Vielleicht sieht nur er sie. Er hat noch nie mit jemandem über sie gesprochen. Martina müsste sich mit Sumpfschildkröten auskennen, fällt ihm ein. Oder er könnte in der Bibliothek in einem Buch über Schildkröten nachlesen. Auf alle Fälle würde Martina sich dafür interessieren, hofft er.

Die Schildkröte dreht ab und taucht unter. Jetzt ist sie wieder ganz unwahrscheinlich. Aber immer wenn er sie sieht, ist er froh. Er weiß nicht, was ihn bei ihrem Schildkrötenanblick froh macht. Nein, auch Martina braucht nichts von ihr zu wissen. Eines Tages wird er sie hierher mitnehmen. Morgens auf dem Schulhof, wenn es zur ersten Unterrichtsstunde klingelt, wird er auf sie zugehen (sie trägt ihren roten Lackledermantel, obwohl es überhaupt nicht regnet, und hat die Haare zu einem Pferdeschwanz gebunden)...

›Na, Lothar, was hast du auf dem Herzen?‹

›Müssen Sie jetzt in den Unterricht?‹

›In die Sieben, da muss ich sogar sofort hin. Ich muss den Biologiesaal aufschließen, sonst machen sie Remmidemmi im Gang.‹

›Martina‹, sagt er. Er sieht sie dabei an, und sie wird zart rot. ›Sie müssen alles liegen und stehen lassen und mit mir kommen.‹

›Die Siebener kann man keine fünf Minuten warten lassen.‹

›Martina‹, sagt er. Sie wird tief rot.

›Wenigstens Big Jensen müsste ich Bescheid sagen.‹

›Nein‹, sagt er und nimmt sie fest bei der Hand. Auf dem Schulhof ist es leer geworden. Die Siebener treten längst gegen die Tür des Biologiesaals.

›Also gut‹, sagt Martina. Sie gehen zum Fahrradraum. Er schließt Pegasus los.

›Sag mal, und du, hast du nicht Mathe? Ich glaube, ihr habt jetzt Mathe.‹

Er antwortet nicht. Er sitzt schon. Sie setzt sich auf den Gepäckträger und legt die Arme um seine Hüften, anders geht es nicht, wenn man zu zweit in hohem Tempo durch die Stadt fährt. Sie rasen über den Schulhof. Heinickel kommt in den Kellergang getobt und schreit in die johlende Sieben hinein: ›Was soll der Blödsinn? Wo ist Frau Reinke?‹

Frau Reinke sitzt hinter Lothar auf Pegasus und sie weiß nicht, warum sie überhaupt mitgegangen ist. Ihr Herz klopft. Sie ist schließlich nicht Vanessa oder irgendein anderes Mädchen aus Lothars Klasse. Sie hat jetzt Bio in der Sieben. In der Sieben, jawohl in der Sieben. Und die Sieben bleibt nicht etwa still und lieb und brav und wartet. Die Sieben tobt und jubelt und hat die Tür eingetreten. Hinterher werden sie sagen, sie wüssten nicht mehr, wer es war. Martina muss die Tür bezahlen. Sie haben außerdem das Aquarium mit den Guppyfischen ausgeschüttet, Sauerei ohne Ende. Auch daran ist Martina schuld. Big Jensen mit seinem gezwirbelten Schnurrbart steht im Biologiesaal in einer Pfütze aus Wasserpflanzen und zappelnden Guppys und brüllt. ›Wo ist die Reinke? Die Reinke stand eben noch auf dem Schulhof. Sie muss ganz in der Nähe sein.‹

›Bring mich zurück, Lothar‹, schreit Martina. Er denkt gar nicht dran.

Später liegen sie unter der verkrüppelten Birke am Teichufer, das Gras ist noch feucht von der Nacht. Über den drei Bürgerseen steigen zarte Nebelschwaden auf.

›Es war gut, dass du mich hierher gebracht hast‹, flüstert Martina. ›Jetzt sehe ich sie auch. Es ist eine Sumpfschildkröte. Die gibt es in Deutschland längst nicht mehr. Aber ich sehe sie. Da ist sie wieder. Sie hebt den Kopf und sieht uns an. Sie ist uralt. Leise, wir müssen ganz leise sein.‹

7. »Und hinter tausend Stäben keine Welt ...«

»Geil, superaffengeil«, flüstert Mirko, als Martina Reinke den Klassenraum betritt. »Die Frau hat groß eingekauft.«

»Indisch«, stellt Vanessa fest, ganz Fachfrau in Sachen Mode.

»Sauteuer, kann ich euch sagen. Sie hat's über meine Mutter gekriegt«, kommt es Lothar über die Lippen.

»Ruhe bitte!«, ruft Martina.

»Und ich durfte es für sie aussuchen. Aus der neuen Kollektion. Also, es war so, meine Mutter hat das ganze Zeug nach der Vorführung wieder mitgebracht. Es lag im Koffer bei uns rum und wär vergammelt, all diese teuren Fummel, die eine Saison später unmodern sind. Da hab ich gesagt: Jutta, denk doch einmal an Martina Reinke. Meine Mutter fand die Idee ganz gut, und dann hat sie gesehen, als Martina zu uns kam, die Frau hat eine Model-Figur. Einssiebenundsiebzig, die nehm ich sofort mit nach Paris. Nur sagenhaft schlecht angezogen ist die. Wie eine typische Lehrerin. Davon muss sie erst mal runter –« Lothar kann nicht aufhören, schlimm ist, dass er einfach den Mund nicht halten kann. Und im Erzählen tauchen Bilder in ihm auf, er sieht Martina vor dem Spiegel bei ihnen zu Hause, sieht, wie sie im Bad steht, das Alban neulich erst in einen Topzustand, mit neuen Armaturen und Marmorimitatkacheln, gebracht hat. Ein solches Bad muss einer Frau wie ihr unbedingt gefallen. Sie ist die Frau, die in dieses Bad hineingehört.

»Lothar, bitte!«

Berthold und Mirko haben sich umgedreht und lauschen dem, was Lothar über Martinas neue tolle Sachen sagt.

»Dieses Braune, hab ich zu ihr gesagt, dieser Knitterlook, das ist es, spüren Sie das nicht? Damit sind Sie zum ersten Mal wirklich angezogen, wenn Sie verstehen, was ich damit ausdrücken will.«

»Lothar! Lo-thar!«

»Ja bitte?«, sagt er frech. Vanessa kichert und Mirko pfeift leise durch die Zähne.

»Wenn du etwas zu sagen hast, sag es bitte laut und sag es zu allen. Muss ja interessant sein, was du da gerade erzählst.«

»Ja, erzähl's«, zischt Vanessa. »Das können alle wissen. Ist ja keine Schande.«

»Steh auf, Lothar, und dann bitte laut und deutlich für alle.«

Lothar steht auf und sieht um sich. »Diese indischen Sachen«, sagt er, und es ist nur elend, wie er dabei krächzt, »die stehen Ihnen nämlich ganz toll. Entschuldigung, aber das musste ich unbedingt sagen.«

Martina schnappt nach Luft. Dann lächelt sie. »Gefallen sie

euch? Hab ich übers Wochenende selbst genäht und vorher selbst designt bitteschön.« Sie dreht sich vor ihnen. »Ganz genau dürft ihr aber nicht hinsehen, die Nähte sind etwas schnell gemacht.«

»Muss sie ja sagen«, erklärt Lothar Vanessa. »Sie kann mir unmöglich Einser geben und die Sachen von meiner Mutter einkaufen ...«

»Mal ehrlich«, murmelt Vanessa dumpf, und ihr Ton hätte ihn eigentlich warnen müssen, »sie hat sie umsonst gekriegt.«

»Woher weißt du das?«, flüstert er.

»Das ist doch klar, das ist doch dermaßen eindeutig. Deine Mutter gibt sonst keinem was ab von ihrem Zeug, und andere könnten es auch brauchen. Aber dieser Hexe, dieser blöden Reinke-Hexe, dieser eingebildeten, saublöden Reinke-Hexe, der wirft sie den Kram hinterher, und du –« Vanessa ist laut geworden. Und jetzt packt sie Lothars Federhalter, Tante Franzis Geschenk, den rosa-schwarz marmorierten, steht auf, reißt den Fensterflügel auf und –

»Vanessa! Bin ich hier im Irrenhaus oder was?«, schreit Martina Reinke.

Mit funkelnden Augen sitzen die anderen Kids in ihren Bänken, nur noch kalte Beobachter, kühl bis ins Herz hinein. Einen Moment sieht es aus, als wollte Vanessa etwas Entsetzliches tun, keiner weiß genau, was. Sie reißt den Arm hoch, einen Moment lang hält sie triumphierend Lothars Füller hoch – und wirft ihn dann vor Wut runter in den Hof.

»Selber Hexe!«, schreit Lothar, springt auf und reißt Vanessa an den Haaren. Ohne den Füllfederhalter kann er keine Gedichte mehr schreiben, mit dem rosa-schwarz marmorierten war kein Halten mehr, da war er wie der junge Johann Wolfgang von. Aber von jetzt an wird er nie wieder etwas zustande bringen. Etwas in ihm zerspringt. Was sie getan hat, war Mord.

Er braucht gar nicht runter zu gehen und nachzuschauen,

der Federhalter ist zersplittert. Vanessa hat ihn nicht geworfen, sie hat ihn gefeuert, gedonnert, sie hat ihn zerstört.

»Er! Er kriegt hier nur noch Einser für jeden Scheiß-Aufsatz, den er schreibt, egal, was er schreibt, egal, wie er schreibt, Lügenface mit seiner Sauklaue!«

»Jetzt reiß dich mal wieder zusammen, wir sind hier nicht in Sizilien«, sagt Martina hoheitsvoll.

»Ich hab's genau gehört. Das war wieder so ein ausländerfeindlicher Spruch! Das muss ich mir nicht gefallen lassen! Von Ihnen schon mal gar nicht! Ich hasse Sie!« Vanessa heult los und stampft mit dem Fuß auf. Die anderen aus der Klasse sitzen starr und starren; sie kommen sich vor wie im Kino.

»Ich muss mir das nicht gefallen lassen! Ich gehe zu Jensen!« Vanessa geht zwei Bänke weiter und lässt sich auf einen leeren Stuhl fallen.

Martina hat ihr durchgedrehtes Gesicht, das sie sonst nur bekommt, wenn Big Jensen unangemeldet die Klasse betritt. Sie geht zu Vanessa und nimmt sie in den Arm. »Tut mir leid mit Sizilien! Lothar, geh auf deinen Platz zurück. In meinem Unterricht sitzt ihr ab sofort nicht mehr nebeneinander. Jedesmal das Gleiche. Geschwätz und Zoff. Reißt euch doch einmal zusammen, ihr zwei.« Dann sagt sie noch, und es soll wohl geistreich sein: »Ich weiß ja, was sich liebt, das neckt sich.«

Vanessa nimmt langsam wieder Haltung an und sieht schließlich aus wie vorher, eine Königin, die wieder zufrieden ist, nur zwei Bänke weit weg von Lothar. Jetzt sind alle friedlich und freundlich. Die Stimmung ist gut wie kaum je. Gewitter reinigen die Luft.

Martina hat sich hinter das Lehrerpult gesetzt, sie schaut zufrieden um sich. »Dann können wir ja jetzt mit dem anfangen, was eigentlich auf dem Programm steht.« Ein Seufzen geht über die Tische. »Unsere Unterrichtseinheit ›Gedichte‹.« Sie macht eine Pause. »Wer will freiwillig vor?« Natürlich keiner. »Ich bin absolut sicher, ihr habt es alle auswendig gelernt. Na Lothar, mein besonderer Freund. Lothar, komm vor.«

Er steht auf, ein bisschen stolz, stellt sich neben das Pult, schließt die Augen und weiß, wie er es bringen wird – mit Betonung, aber sublim, nicht wie ein Zweitklässler. Auf einmal wird ihm seltsam. Der Panther, das ist er, Lothar. Komisch, dass ihm das erst jetzt einfällt. Er ist größer als normale Panther, so etwas wie ein König, aber auch schöner und sanfter als die anderen, kein richtiges Raubtier im Grunde, und gerade ihn hat es so gnadenlos schlimm erwischt. Lothar wird es aus irgendeinem Grund zu warm. Sein Herz schlägt zu schnell. Seine Stimme ist heute nicht, wie sie sein soll.

»Sein Blick ist vom Vorübergehn der Stäbe
so müd geworden, dass er nichts mehr hält.
Ihm ist, als ob es tausend Stäbe gäbe
und hinter tausend Stäben keine Welt.«

Sein Vortrag hat ihm nicht so recht gefallen. Das war kein Wohlklang, eher ein Gekrächze.

»Wir wollen den Rest auch noch hören. Das war sehr schön, wie du das vorgetragen hast, so mit Gefühl«, hört er Martina leise neben sich.

»Der weiche Gang geschmeidig starker Schritte,
der sich im allerkleinsten Kreise dreht,
ist wie ein Tanz –

Der sich im allerkleinsten Kreise dreht... damit kann Rilke doch nur ihn gemeint haben, ihn, Lothar Lügengesicht. Rainer Maria Rilke hat ein Gedicht über ihn geschrieben, hat alles über ihn gewusst, dass er leidet und dass er daran zugrunde gehen wird, oh, du lieber Gott, ist das peinlich, jetzt wissen es alle, dass er der ist hinter den tausend Stäben, ohne Welt, eingesperrt.

Martina sagt etwas, erst zu ihm, dann zu den anderen. Dann schreit sie die Klasse an. »Das ist überhaupt kein Grund zu lachen.«

Lothar reißt die Tür auf, rennt den leeren Gang entlang und ist ein wunderschönes geschmeidiges schwarzes Raubtier, springt in langen Sätzen die Treppe runter, weiß, dass er gejagt wird, dass irgendwer hinter ihm her ist, durchs Schulportal, über den Hof zu den Toiletten, schließt sich ein. Und heult und heult und heult.

Alban hat einen Hass auf ihn, und er kann nichts dagegen tun. Alban wird ihn irgendwann umbringen, und keiner wird merken, dass es Alban war. Alban wird sagen, der Idiot von meinem Sohn war selbst dran schuld, so blödsinnig, wie er die Treppe heruntergefallen ist. Er wird es so charmant sagen, dass alle ihm glauben werden. Alban hat nämlich Charme und Überzeugungskraft.

Lothar wird in einem weißen Sarg mit Goldverzierung liegen, so wie Fabian damals. Der Unterschied zu Fabians Beerdigung wird sein, dass keiner weint. Sie werden es nur komisch finden, dass er tot ist. Alban wird in der ersten Reihe sitzen und froh darüber sein, ihn für immer los zu sein.

Es ist Vanessa, die schließlich an die Tür klopft, hinter der sie sein Geschluchze gehört hat. Er schließt auf, weil er ganz erschöpft ist und nicht mehr kann, lehnt sich an ihre Schulter, zieht die Nase hoch und heult gleich weiter. Sie hat nicht verstanden, warum er so weinen muss. Lothar ist froh darüber, dass sie es nicht verstanden hat. Vanessa küsst ihn auf beide Backen wie einen Bruder und spricht auf ihn ein. »Ich musste es tun, das mit dem Füllfederhalter. Ich hatte keine andere Wahl . . .«

Seit einiger Zeit tut er ihr leid, er ist ein armer Hund, trotz

Jutta. Und Tatsache ist auch, dass Jutta ihn meistens nicht nach Paris und London mitnimmt. In so einen wie ihn könnte Vanessa sich nie verlieben, ganz egal, was die Reinke behauptet, aber sie sind Kumpel, »Sitzgenossen«, wie Heinickel immer sagt, die sich gegenseitig abschreiben lassen und Ergebnisse zuflüstern und sich die Hausaufgaben nach dem Unterricht bringen, wenn einer von ihnen krank ist.

»Ach, hör doch auf«, schluchzt er. »Was liegt mir an dem doofen Ding. Ich mach nie wieder Gedichte...«

»Sag nicht so etwas Schreckliches. Ich kauf dir einen neuen. Ich hab noch Geld von Weihnachten, sag nichts, das mach ich. Ich hab's doch nur getan, weil ich dich retten wollte.«

Er schaut sie an und hört vor Verblüffung auf mit Weinen. Sie liegt absolut daneben, aber es ist schön, ihr zuzuhören.

»Weil du süchtig geworden bist«, sagt Vanessa. »Süchtig und krank. Und alles nur wegen dem doofen Federhalter.«

Von den Gedichten weiß sie ja so gut wie nichts, fast muss er lachen, sie denkt, es ist nur der Füller mit dem Rosenölparfum. Süchtig, haha, so einfach ist es nicht. Vielleicht wird er ihr ein paar von seinen Gedichten zeigen. Während er es denkt, fühlt er sich wieder besser. Heute Abend wird er sich auf sein Bett unter das Bali-Relief legen und Gedichte schreiben.

»Das ist wie mit dem Klebstoff. Du warst abhängig von dem saublöden Füller. Die ganze Klasse hat es gewusst. Jeden Tag hast du an dem Ding geschnüffelt. Das ist Sucht.«

Darüber hatten sie neulich einen Film gesehen, eine Art Drogenaufklärungsfilm.

»Es ist die Stufe darüber«, sagt Lothar. »Die Stufe über süchtig. So wie bei mir hat es bei Johann Wolfgang von auch angefangen, genau so.«

Mit verheultem Gesicht steht er neben Vanessa, und einen Moment lang fühlt er sich großartig, erfolgreich und weiß der Himmel was noch, wie einer, der alles schaffen wird, was er will. Es ist eine Welle von Glück oder Größenwahnsinn, auf der er schwappt, ein glücklicher Schwimmer, dem das riesige weiße Grandhotel drüben gehört, das Bistro und die Spielhalle an der Strandpromenade, so ungefähr.

»Was hast du, Lothar? Du siehst anders aus als eben.«

Er schüttelt den Kopf, er kann es nicht sagen. Er fährt mit der Hand in die Tasche des Kampfanzugs und spürt die kleinen abgerissenen Zettel. Die Zettel mit den Gedichtanfängen. Wie soll er ihr das erklären?

8. Ja, süchtig

BLACKBIRD SINGING IN THE DARK OF NIGHT, das ist, als hätte er es geschrieben. Das hat er erlebt, das kennt er. Jeden Morgen sind draußen im Baum vor seinem Fenster die Amseln zu hören, auch andere Vögel, deren Namen er nicht kennt, hauptsächlich aber die Amselmännchen.

Es ist noch dunkel, die Amselstimmen haben ihn geweckt. Ganz leise hat er den Rollladen vor seinem Schreibtisch hochgezogen. Es ist kühl, er friert etwas.

Vanessa hat nicht Unrecht gehabt. Er ist süchtig, er kann nicht anders, er muss es tun. Ob es gut oder schlecht ist, kann er selbst nicht beurteilen. Auf alle Fälle will er Gedichte schreiben wie die von Brecht im Lesebuch. Das Erstaunliche ist, dass er den rosa-schwarz marmorierten Füllfederhalter gar nicht mehr dazu braucht. Lothar müsste eigentlich noch etwas für Mathe lernen. Aber es geht einfach nicht. Wörter, Ketten von Wörtern fallen ihm ein, er sieht sie vor sich, als wären sie schon gedruckt. Er flüstert sie vor sich hin. Sie hören sich gut an. Und dann blättert er einfach um und schreibt die Worte auf, die ihm einfallen, obwohl es sein Mathehausaufgabenheft ist, wo doch nur Zahlen in die Kästchen hineingehören. AMSEL IM DUNKELN IM KIRSCHBAUM NOCH FRÜH. Könnte das im Lesebuch stehen? Ach egal. AMSEL IM DUNKELN IM KIRSCHBAUM NOCH FRÜH.

SAHNETORTE, das passt nicht. Doch, SAHNETORTE muss hinein. Lothar streicht Zeilen durch und entwirft sie neu, es ist wie Scrabble spielen. Alles, was er schreibt, wird er Martina zeigen, und sie wird sagen, wie sie es findet. Oder er zeigt es ihr nicht oder erst später. Es ist Sommer, morgens vier Uhr, draußen hat es leicht geregnet und die Amseln singen. Diesen Moment versucht er festzuhalten. Er ist wach geworden vom schrägen Gesang eines wie Lack glänzenden Amselmännchens, hat zugehört und ihm ist eingefallen, dass er noch lebt und dass Alban ihn gestern Abend zusammengeschlagen hat. Im Aufwachen hatte er es vergessen, ganz langsam fällt ihm die Szene wieder ein. Auch davon möchte er in seinem Gedicht schreiben, aber das gelingt ihm nicht. Jeder Satz dazu klingt falsch, ist ein Missklang und schlägt alles tot.

Die falschen Sätze sind die wahren Sätze. Er hört einen Moment auf mit Schreiben. ZERTRÜMMERT, GESCHLAGEN. Das passt nicht hin. Das passt wie Faust aufs Auge. Solche Gedichte, wie er sie schreibt, hat er noch nie gelesen. Es gibt welche über den Krieg und über unglückliche Liebe, aber über einen verprügelten Jungen hat er noch nie ein Gedicht gelesen. Die Amseln morgens im Kirschbaum sind ihm wichtig, aber der Junge, dem die Haut von den Schlägen seines Vaters prickelt, ist es auch. Sein rechtes Ohr ist geschwollen, da wo der Brillenbügel durch die Ohrfeigen schmerzhaft eingeklemmt wird. Der dumpfe Schmerz im Kopf geht überhaupt nicht weg, er ist fast immer da, manchmal schwächer, manchmal stärker. Lothar malt jetzt Kringel. Weit weg sein, an einem Ort, den Alban nicht kennt. Auf einer Insel im warmen südlichen Meer, die überhaupt niemand kennt, die noch nicht entdeckt ist. Dort leben und nie wieder Schläge auf die Lippen, auf die Ohren bekommen. Keine Flecken mehr haben, keine Blutergüsse. Ganz langsam seine Wunden ausheilen.

Das ist es: TAKE YOUR BROKEN WINGS AND LEARN TO FLY. So hat er es übersetzt: DIE GEBROCHENEN FLÜGEL NIMM UND LERNE FLIEGEN. DENN IN DEINEM GANZEN LEBEN HAST DU NUR AUF DIESEN AUGENBLICK GEWARTET, FREI ZU SEIN.

Und dann ist auch das vorbei. Lothar kriecht unter seine Bettdecke und wartet. Bis der Wecker klingelt, hat er noch satt Zeit. Auch in dieser Nacht hat sich das Gespenst nicht gezeigt. Dabei braucht er genau jetzt allen Trost der Welt. Drei Tage lang war er zu Hause geblieben wegen der geplatzten Oberlippe. Eigentlich war fast nichts gewesen. Alban hatte nur an die falsche Stelle geschlagen. Lothar hatte wieder einmal so schlimm ausgesehen, dass es unmöglich war, zur Schule zu gehen. Heute Morgen wird er hingehen, nur noch drei Tage bis zu den Sommerferien. In drei Tagen gibt es Zeugnisse. Lothar hat nichts zu fürchten in dieser Hinsicht. In Deutsch wohl eine Eins. Eine Fünf in Mathe, eine Vier in Turnen und im übrigen Dreier, in Englisch und Französisch mit an Sicherheit grenzender Wahrscheinlichkeit je eine Zwei.

Sechs Wochen ohne Martina. Schon jetzt ist Lothar erstarrt vor Traurigkeit. Es ist, als ob die Welt sechs Wochen lang anhielte und Mensch und Tier sich in Winterschlaf begäben.

Alban begibt sich natürlich keineswegs in Winterschlaf. Alban hat drei Wochen Urlaub genommen. Morgen und übermorgen wird den ganzen Tag gepackt, und dann geht es ab an die Costa Brava wie jedes Jahr.

Das Meer ist das Beste für Kinder. Seeluft stärkt den gesamten Organismus. Die Wahrheit ist, Urlaub mit Jutta und Alban ist bei weitem schlimmer als der Alltag hier zu Hause. Urlaub mit Alban ist lebensgefährlich. Vielleicht kommt er nicht lebend zurück. Alban hat viel mehr Gelegenheit, sich über seinen Sohn aufzuregen als das übrige Jahr. Lothar denkt, dass er

Martina einen Abschiedsbrief schreiben könnte. Einen Abschiedsbrief für alle Fälle. Er könnte ihn Vanessa übergeben mit der Bitte, ihn im Falle seines Todes, wirklich nur dann, Martina zu geben.

Das Gespenst ist nicht erschienen. Lothar sucht es mit den Augen im Halbdunkel, während er wieder schläfrig wird.

Lothar denkt an den Fünfzigmarkschein, den Tante Franzi ihm für den Urlaub zugesteckt hat. Da kann er sich Bücher kaufen und vielleicht ein neues T-Shirt. Er wird allein am Strand herumlaufen, dagegen hat Alban nichts. Allein am Strand herumlaufen und irgendwo mit seinen Büchern im Schatten unter einem Eukalyptusbaum sitzen, eine Cola-Dose in der Hand, Martina im Sinn.

Plötzlich ist er hellwach. So, als ob er zwei Tassen Kaffee getrunken hätte oder zwei Dosen Red Bull. Er schaut auf seine Armbanduhr. 5.30 Uhr. In der obersten Schreibtischschublade hat er ein Stück hellblauen Karton, das sie in Kunst gebraucht haben. Es ist an den Ecken etwas angedetscht, sieht aber insgesamt noch gut aus. Lothar legt es vor sich auf den Tisch und schreibt das Gedicht ganz ab. AMSELMORGEN schreibt er darüber. Auf dem Karton sieht es schon sehr gut aus. Man müsste es nur noch rahmen, dann könnte man es an die Wand hängen. Lothar zieht den Atlas aus seinem Rucksack und steckt das Gedicht hinein. So verdreckt es nicht beim Tragen.

Die Stadt schläft noch. Ein Zeitungsträger geht von Haustür zu Haustür und steckt die Zeitung in das Rohr neben dem Briefkasten. Sonst ist kein Mensch unterwegs. Martina wohnt in der Ochsengasse 3. Lothar hat die Adresse aus dem Telefonbuch. Er kann auch ihre Telefonnummer auswendig. Unzählige Male ist er schon um das große Fachwerkhaus geschlichen und hat überlegt, welche Wohnung sie darin bewohnt. Und wie es in der Wohnung aussieht. Schwarze Lackschränke, verchromte Stühle mit schwarzem Ledersitzteil, weißer Teppichboden, eine winzige Küche, kein einziges Buch in der Wohnung, stattdessen jede Menge CDs, so wird es wohl aussehen, hat Lothar sich entschieden.

Die Haustür ist offen. Die Briefkästen sind innen an der Wand angebracht. REINKE/VOGT liest Lothar. Es ist der letzte Briefkasten. Lothar überlegt, was VOGT bedeutet. Einen Moment lang zittert er, sein Fotokarton im Din-A4-Format könnte nicht hineinpassen. Aber dann hat er ihn hineinbefördert. Sein Gedicht für Martina. Er hat seinen Namen nicht dazugeschrieben, aber sie wird sich vielleicht denken können, dass er es ist. Ihm ist sofort schwindlig vor Erleichterung und Glück.

Als er draußen steht, überkommt ihn ein Anfall von Unverschämtheit. Er drückt auf die Türklingel, reißt die Haustür auf und schreit die Treppe hoch: »Post für Sie, Frau Reinke! Post!«

Ein Fenster öffnet sich weit oben. Eine Männerstimme ruft herunter: »Feigling! Feigling!«

Im Rennen dreht Lothar sich um und sieht hoch. Es ist die Dachwohnung. Der Mann ist blond und groß und winkt hinter ihm her. Lothar weiß sofort, dass es Vogt ist, Jan-Jakob Vogt. Sofort ist es aus mit dem Mut und dem Stolz und dem unverschämten Gefühl. Den Atlas vor der Brust, rennt Lothar wie ein Bankräuber, der seine Tausender vor der Polizei retten will.

Lothar bleibt schlagartig vor Mac Donalds stehen. Dort machen sie gerade auf. Martina liebt diesen Scheißkerl. Martina lebt mit diesem Jan-Jakob zusammen. Das ist nicht auszuhalten. Gemeinsam werden sie heruntergegangen sein und sein Gedicht aus dem Briefkasten gezogen haben. Jetzt sitzen sie auf den Ledersesseln, vor sich große weiße Kaffeetassen in strengem Design, und lesen sich AMSELMORGEN vor.

›Ach bitte, lies noch mal, es hört sich so toll an mit deiner Stimme‹, sagt Martina. ›Ich bin verrückt nach deiner Stimme. Du hast eine wahnsinnig männliche Stimme.‹

Jan-Jakob liest es zum zweiten Mal vor. Mittendrin bricht er ab, sieht sie bitter an und wirft es wütend auf den Tisch.

›Bist du eifersüchtig, Jan-Jakob?‹ Martina trägt einen seidenen schwarzen Bademantel, halb offen. ›Eifersucht ist ganz albern. Eine Frau kann in zwei Männer gleichzeitig verliebt sein.‹

›Eifersüchtig, auf wen? Auf Lothar? Auf diesen jämmerlichen Kerl?‹

›Er schreibt Gedichte, die mich zum Weinen bringen, Jan-Jakob.‹

»Einen Kaffee«, sagt Lothar. »Einen ganz starken.«

»Wir haben nur unseren normalen«, sagt das Mädchen in der grün-weiß gestreiften Bluse mit dem Käppi.

»Und die Neunerpackung Chicken Nuggets.«

»Welche Soße bitte?«

»Soja«, sagt er, obwohl es ihm egal ist. »Und eine mittlere Packung Pommes noch.«

Sie hackt die Geldbeträge ganz schnell in ihre Computerkasse. Er hat überhaupt kein Geld dabei.

»Ich bringe es nachher vorbei«, sagt er und fängt an zu erklären. Der Filialleiter, mit Krawatte, schaut herüber, zieht ein sehr ernstes Gesicht und entscheidet, dass Lothar nach der Schule das Geld vorbeibringen darf.

›Wirf's weg‹, schreit Jan-Jakob plötzlich und schlägt mir der Faust auf den Tisch. ›Ich will, dass du es in den Papierkorb wirfst.‹

›Was?‹

›Du weißt genau, was ich meine.‹

Sie lacht.

›Ich bin sehr sauer auf dich. Mach nur so weiter‹, sagt er.

›Ich werde es aufhängen. Über dem Sofa.‹

›Dann zieh ich hier aus. Hast du gehört? Dann zieh ich hier aus.‹

›Ich werde es aufhängen‹, sagt sie mit einem Aufflackern ihrer grünen Katzenaugen.

»Iss dein Nutella-Brot auf. In Nusscreme ist ganz viel Magnesium drin. Das ist gut für die Nerven«, sagt Jutta mit ihrer sanften Stimme. »Deine Nerven sind nicht besonders gut. Ich mach mir schreckliche Sorgen deswegen. Du bist zu nervös. Du warst vom ersten Tag an ein nervöses Kind.«

Lothar findet, dass er auf keinen Fall so kaputt ist, wie Jutta immer behauptet.

»Doch, das ist wahr. Nach jeder Flasche hast du gespuckt. Der Kinderarzt hat gesagt, dass du ein nervöses Kind bist und dass wir darauf achten sollen, dass es nicht schlimmer wird.«

Lothar stiert in den Becher mit Kakao, den Jutta für ihn auf den runden Kieferntisch in der Essecke gestellt hat. Milch mit Kakao ist wahrscheinlich auch gut für die Nerven. Jan-Jakob hat zweifellos einwandfreie Nerven. Dieser Mann sieht verboten gut aus. Martina hat schon ein paarmal von ihm erzählt. Alle in der Klasse wissen, dass Martina einen Freund namens Jan-Jakob hat. Aber erst jetzt ist er echt geworden. Vorher waren es immer nur ein paar Sätze von ihm, und er hat sie nicht geglaubt.

Lothar kann überhaupt nichts essen. Einen Kaffee und neun Chicken Nuggets hat er schließlich schon hinter sich. Aber das kann er Jutta nicht sagen.

»Das Zeug ist was für Babys«, sagt er angewidert.

»Ich mach dir Hühnersuppe. Soll ich? Mit Markklößchen drin? Ich hab noch welche im Gefrierfach.« Jutta würde auch Hühnersuppe mit Fischklößchen auf den Tisch bringen. Lothar verkneift sich jeden zynischen Spruch. Immerhin ist er froh, dass keiner gemerkt hat, dass er weg war.

»Keine Zeit mehr«, sagt er.

9. Anjuna

Sie haben ihre Zeugnisse bekommen. Big Jensen hat mit schwarzem Filzstift dick, protzig, zackig unterschrieben als Schulleiter und Martina mit blauem Kugelschreiber als die Klassenlehrerin.

Mickymaus tanzt auf dem rosa Federmäppchen. Sie tanzt sozusagen auf seinem Testament. Lothar hat den Abschiedsbrief an Martina Reinke in das Federmäppchen gesteckt: An Frau MARTINA REINKE. Nur im Falle meines Todes zu öffnen.

In ihm selbst, in Lothar, ist nichts als Traurigkeit und Abschiedsschmerz. Den Gedanken, den Brief Vanessa zu geben, hat Lothar wieder verworfen. Jetzt kämpft er mit sich. Es ist verrückt, es ist tollkühn, es ist Wahnsinn, er wird ihn Martina geben, zum Abschied, ihr selbst. Er weiß noch nicht, woher er den Mut und die Kraft dazu nehmen soll, aber er wird es tun. Denn Alban wird ihn in diesem Urlaub umbringen. Lothar stößt mit der Zunge gegen die geplatzte Unterlippe, die Monsterlippe, und weiß es mit letzter Sicherheit. Er hat ihr in diesem Brief alles erklärt. Das mit Alban und das mit Jutta, das mit seinen Gedichten und dass er immer nur gelogen hat und sozusagen selbst an allem schuld ist, weil er ein elender Lügner ist. Sie soll es wissen. Wenn er tot ist, soll sie es wissen. Der letzte Satz ist: *Ich danke Ihnen hiermit für alles. Ich liebe Sie.*

Lothar überfliegt das Zeugnisblatt. Er ist überall gut weggekommen. Nur in Mathe die Fünf. Aber sonst haben sich die meisten Lehrer geirrt. Zweier und Dreier. In Deutsch eine Eins. Sogar die Vier in Erdkunde hat er nicht verdient. Er hat keinen Strich getan, das ganze Jahr über nicht. Immer wenn er dran war, hatte er Glück.

»Ich wollte, ich hätte deine Noten«, flüstert Vanessa ehrfurchtsvoll. Dabei hat sie diese Runde auch ganz anständig geschafft. Tendenz aufwärts, hat Martina gesagt, als sie ihr das Zeugnis ausgehändigt hat. Weiter so, Vanessa. Und Vanessa ist zart rot geworden. Martina lächelt Vanessa in der zweiten Reihe immer noch irgendwie aufmunternd und freundlich zu, Lothar ist nicht gemeint, er weiß es.

Martina trägt ein leichtes weißes Sommerkleid mit großem Blumendruck, sehr tief ausgeschnitten und an den Seiten geschlitzt, dazu weiße Riemchensandalen mit dunkelblauen und goldenen Knöpfen, die sich auf dem makellosen Braun ihrer Füße sehr gut machen.

Es sind noch ein paar Minuten übrig bis zum Pausezeichen, und Martina scheint beschlossen zu haben, ihnen heute nichts zu schenken. Lothar ist dankbar für jede Minute, die er noch hier sein darf.

Martina fragt, wer schon wüsste, ob er in den Ferien verreisen würde. Und wohin es gehen sollte. Sie und ihr Freund würden nach Spanien fahren, einfach aufs Geradewohl die Küste hinunter. Ja, mit Wohnmobil und Vorzelt.

Mirko sagt, dass sie dieses Jahr nirgendwohin fahren werden, weil sie Besuch haben, Verwandte, die schon seit Monaten bei ihnen wohnen. Außerdem trägt er Massa-Prospekte aus und hat noch einen weiteren Job bei einem Getränkevertrieb für die Ferien. Er wird Kisten stapeln und verladen. Berthold Merkelbach fährt mit seinen Leuten an den Bodensee. Sie haben dort irgendwo ein Boot. Zahnarzturlaub eben, denkt Lothar. Ein paar von den Mädchen machen eine Freizeit von der Kirchengemeinde mit, einen Segeltörn an der Nordsee. Vanessa fährt mit Peppina und Opa Flavio drei Wochen nach Sizilien.

»Und du, Lothar?«, fragt Martina plötzlich. Lothar schrickt auf und überlegt, was sie von ihm wissen möchte.

»Bleibst du da oder fahrt ihr weg?«

Schaut sie nicht genau auf seine immer noch dick geschwollene Lippe?

»Der Idiot von meinem Zahnarzt hat die Betäubungsspritze in meine Lippe gestoßen, er hat sich zwar wahnsinnig entschuldigt, aber davon wird's leider auch nicht besser«, sagt Lothar. Er hat es Mirko und Vanessa mit den gleichen Worten heute Morgen auf dem Schulhof erklärt.

Martina hört auf zu lächeln. Sie hört ihm zu, sie glaubt ihm jedes Wort.

»Es geht nach Goa. Morgen wird gepackt, und übermorgen trifft sich unser Team am Frankfurter Airport. Die Models und die Kameramänner. Wir nehmen den Porsche, Jutta sagt, der ist schneller als der Flieger auf der Stecke Stuttgart–Frankfurt...« Lügen ist toll. Alle hören zu. Lothar spürt, dass er nicht mehr aufhören kann. Es geht einfach mit ihm durch. So gut wie beim Lügen fühlt Lothar sich nie sonst.

»Ich freu mich auf Goa. Wir waren schon zwei- oder dreimal da. Die im Hotel kennen mich alle. Die warten richtig auf mich. Der Typ an der Rezeption hat noch gestern am Telefon zu meiner Mutter gesagt: Auf Ihren Sohn freue ich mich mehr als auf Claudia und Linda...«

»Ich muss mal kurz unterbrechen. Weiß jemand von euch, wo Goa liegt?« Martina hat das Pausenklingeln überhört, und auch die anderen sitzen wie gebannt auf ihren Plätzen.

Schweigen. Keiner weiß, wo Goa liegt.

»Goa liegt an der Westküste von Indien, märchenhafte weiße Sandstrände«, sagt Lothar lässig. »Kilometerlange Sandstrände. Eine unglaubliche Brandung, man muss vorsichtig sein beim Baden wegen der Haie. Es gibt da wirklich Haie, sehr gefährliche, die an Menschen rangehen, ganze Schwärme von weißgrauen Großhaien.«

Wieder Schweigen. Lothars Worte wirken noch. Jeder denkt über Goa und die weißgrauen Haischwärme nach.

»Golden Bay of Anjuna, da genau ist es. Vielleicht sagt Ihnen das etwas.« Lothar spricht jetzt nur noch für Martina.

Es sagt Martina aber offenbar nichts.

»Und was machst du da genau?«, fragt Vanessa laut und sachlich, so als ginge es darum, etwas aufzuklären. Ihr Ton ist unangenehm. Einen Moment lang kann Lothar sie sich als Rechtsanwältin im Gerichtssaal vorstellen.

»Ich bin nur dabei, weil doch meine Mutter diese Modeaufnahmen für Vogue International koordiniert«, sagt Lothar halblaut. Es hat etwas Vornehmes, wie er ihr antwortet. Er ist kein Angeber und er hätte nie davon angefangen, wenn Martina ihn nicht darauf persönlich angesprochen hätte. »Ich begleite sie und halte die Models bei Laune. Die sind sehr schwierig und zickig, weil sie ja fast nicht als Mineralwasser und Gemüse zu sich nehmen dürfen. Na ja, und weil der Job hart ist. Und dann noch die Hitze.«

Schweigen, beunruhigendes Schweigen. Lothar spürt plötzlich, sie alle finden es nicht gut, dass er nach Goa fliegt.

»Und dafür nehmen sie dich mit...« sagt Vanessa, als käme sie nicht darüber hinweg. »Das kostet doch ein Schweinegeld.«

»Es sind zehn Tage«, sagt Lothar. »Also zehn Tage, die Vogue uns bezahlt.«

»Scheiß auf Goa«, sagt Vanessa in die Stille.

»Glaubst du, es ist ein Spaß, jeden Morgen mit der Schiffer zu frühstücken«, schreit Lothar plötzlich los. Es ist sein schrilles hysterisches Schreien, das sie alle kennen. »Die hat mir schon im letzten Jahr den Orangensaft einfach ins Gesicht geschüttet, weil er ihr zu sauer war. Du lieber Gott, ich mach dieses Affentheater doch seit Jahren nur für Jutta. Ich spiel den niedlichen Kleinen, ich bin der Clown, das ist kein Spaß. Es ist für sie etwas leichter, wenn sie mich dabei hat.«

»Lothar, mir kommt da ein guter Gedanke«, sagt Martina. »Nach den Ferien im nächsten Schuljahr machen wir einen Diaabend mit Disco, und jeder steuert ein paar Urlaubsdias bei. Die Schiffer neben dir, wie sie den Orangensaft schüttet, das wollen wir alle sehen.«

»Tut mir leid, aber ich hab keine Kamera«, sagt Lothar trocken. Er hat keinen Fotoapparat, das ist nicht gelogen. Na ja, Alban hat einen. Aber das ist schließlich Albans Apparat. Strände sehen überall so ähnlich aus. Lothar überlegt blitzschnell, dass er vielleicht doch ein paar Aufnahmen mit Palmen und ein paar sehr hübschen Mädchen am Strand machen könnte.

»Dann leih ich dir meine«, sagt Martina ebenso cool. »Ich hab noch eine Pocket mit eingelegtem Diafilm. Die kriegst du für Goa.«

Es ist ein Traum. Es ist der verrückteste Traum, den er je hatte. Lothar geht neben Martina Reinke durch die Stadt. Geht an dem kleinen eingefassten Wasserlauf mit ihr durch die Fußgängerzone, geht eigentlich hinter ihr her wie ein Hund aus dem Tierheim. Lothar empfindet nichts als liebevolle Dankbarkeit. Sie wird ihm die Pocketkamera schenken, hat sie gesagt. Hat sie wirklich »schenken« gesagt? Lothar überlegt. Es gibt Vorschriften. Darf eine Klassenlehrerin ihrem Schüler eine Pocketkamera schenken? Und dann so einem wie ihm. Also, genau genommen hat sie eher »leihen« gesagt. Aber vielleicht schenkt sie sie ihm später. Am Rathaus biegen sie rechts ab. Martina bleibt vor dem Fachwerkhaus in der Ochsengasse stehen. Es ist ein großes altes Haus, in den letzten Jahren renoviert. Im Giebel hat es einen Balkon, auf dem Kästen mit rotblühenden Hängegeranien befestigt sind. Lothar betrachtet es liebevoll, es ist Martinas Haus.

Martina zeigt hoch. »Es ist ganz oben, die Dachwohnung«, sagt sie fast verlegen, als wollte sie sich bei ihm entschuldigen. Im Treppenhaus riecht es nach frischer Ölfarbe und Holz wie in einem Neubau. Lothar taumelt hinter ihr her. Martina steigt leichtfüßig hoch. Lothars Puls und Atmung beschleunigen sich beim Anblick der winzigen goldenen Flaumhärchen auf dem Braun ihrer Beine. Lothar wünscht, dass Martina im hundertsten Stock wohnen möge und dass dieser Moment nie aufhören würde, nie. Er hat kein Problem, die Treppe hoch zu kommen. Er schwebt, er fliegt.

»Es ist eine ganz einfache Kamera«, sagt Martina zu ihm herunter. Wieder klingt es wie eine Entschuldigung. »Eigentlich musst du nur im Sucher den Bildausschnitt wählen und auf den Auslöseknopf drücken. Autofocussystem.«

»Das ist ja wunderbar, dass es eine ganz einfache Kamera ist.«

Martina schließt auf.

»Komm rein, Lothar«, sagt sie. »Ich mach einen Tee für uns.«

Einen Tee für uns. Einen Tee für uns, hat sie gesagt. Lothar rührt sich nicht von der Stelle. »Das lohnt doch nicht«, sagt er. »Für mich einen Tee, das muss wirklich nicht sein.«

»Ich trinke immer einen Tee, wenn ich von der Schule nach Hause komme«, sagt Martina. »Komm rein.«

Lothar bewegt sich durch einen winzigen Flur in ein Wohnzimmer hinein. Martina sagt ihm, er solle sich auf die Couch mit dem naturfarbenen Bezug setzen. Vor der Couch stehen zwei schwarze Dreieckslacktische. Es ist ganz anders, als er es sich ausgemalt hat. Es ist eine andere Wohnung. Er denkt mit Beschämung, dass Martina vielleicht ein anderer Mensch ist. Vielleicht besitzt sie gar keinen schwarzseidenen Bademantel.

Und dann sieht er es.

»O Mann«, sagt er. Die Tränen kommen ihm. Es ist ein ungeheures Gefühl. Es ist so, wie wenn man im Meer schwimmt und eine Welle kommt und einen nicht überrollt, sondern einen trägt und man obenauf schwimmt. Eine Mischung aus unglaublicher Angst und unglaublichem Glück.

Über der Couch hängt in einem goldenen Rahmen sein Gedicht auf dem blauen Fotokarton. Lothar hat das Gedicht fast schon wieder vergessen und jetzt sieht er es. Es hängt da wie etwas Kostbares. So, als sei das ganze Zimmer, die gesamte

Einrichtung nur für dieses Gedicht gemacht und aufgebaut. AMSELMORGEN.

»O Mann«, sagt Lothar nur.

»Es ist unheimlich gut«, sagt Martina.

Lothar muss schlucken.

»Ich hab geahnt, dass es von dir ist. Ich war mir nur nicht sicher, weil es so toll ist. Irgendwie habe ich gehofft, dass es von dir ist«, sagt Martina.

»Ja, es ist meins«, sagt Lothar. »Es tut mir leid, dass ich so früh morgens geklingelt habe. Ich war so stolz auf AMSELMORGEN. Ich habe es geschrieben und dann habe ich es Ihnen herübergebracht. Ich wollte, dass Sie es lesen.«

»Ist es wirklich von dir?«

»Ja«, sagt er.

Die Fenster sind eher klein und auch die Balkontür scheint für eine Zeit geschaffen, als die Menschen allgemein noch kleiner waren. Den größten Teil des Wohnzimmers beansprucht Martinas altmodischer Schreibtisch. Auf dem Tisch stehen zwei weiße Keramikübertöpfe mit Dracaena marginata. Die Dracaenen sehen traurig aus, so als ob sie selten gegossen würden. Im Supermarkt oder beim Friedhofsgärtner sind sie immer frisch und dunkelgrün, aber hier sehen sie aus, als ständen sie irgendwo am Wüstenrand. Wahrscheinlich hat Martina sie geschenkt bekommen, denn aus den Blumentöpfen schauen außerdem noch rote Einsteckteufelchen heraus, wie man sie im Blumengeschäft kaufen kann, um seinen Blumenstrauß oder die Topfpflanze aufzumuntern.

»Setz dich schon mal hin«, sagt Martina. Lothar hört, wie sie ins andere Zimmer geht und sich umzieht. Ein Schrank wird geöffnet, ein altmodischer großer Schrank. Lothar weiß viel über alte Schränke, er hat es von Alban all die Jahre lang mitgekriegt. Er ist sich ziemlich sicher, dass der Schrank im andern Zimmer aus dunkel gebeiztem Holz ist. Martina sucht etwas.

Lothar sitzt zusammengekrümmt auf der kleinen Couch und wagt nicht, sich zu rühren. Er würde gerne nach einem der Bücher greifen, die im seitlichen Regal stehen, traut sich aber nicht. Es ist der großartigste Tag, den er bisher erlebt hat. Lothar denkt, dass er kein falsches Wort sagen, keine falsche Bewegung machen darf, damit das Bild an der Wand, AMSELMORGEN, sein Gedicht, nicht für immer verschwindet. Er überlegt, ob es ein Traum ist.

Dann tut er es. Er legt den schwarzen Rucksack auf den Dreieckstisch, zerrt das Federmäppchen hervor und entnimmt ihm den verschlossenen Brief.

»So, ich hab sie gefunden.« Martina sagt es triumphierend. Sie hat die Schuhe ausgezogen und steht barfuß vor ihm. Die Pocketkamera ist sehr klein, sehr handlich.

»Nur die Gebrauchsanweisung ist unauffindbar«, fügt Martina hinzu. »Ja Lothar, einen wunderschönen Urlaub wünsche ich dir. Nimm dich in Acht vor den Haifischen und ärgere Linda Evangelista nicht zu sehr ...«

»Claudia Schiffer«, korrigiert er. »Ob Linda kommt, ist noch nicht ganz sicher. Und vielen Dank für die Kamera. Ich gebe sie Ihnen nach den Ferien wieder zurück.«

»Es hat keine Eile«, sagt sie. »Ist Naomi Campbell auch dabei?«

Er steht auf. »Steht noch nicht fest. Also, ich geh dann mal«, murmelt er, bleibt aber stehen und streckt ihr den Brief entgegen.

Sie nimmt ihn, schaut auf das, was er draufgeschrieben hat, und er sieht, dass sie überrascht ist. Mehr als überrascht. Sie sieht aus, als sei sie furchtbar erschrocken. »Soll das so eine Art Testament sein?«, fragt sie. »Möchtest du, dass ich es jetzt gleich lese? Setz dich doch wieder. Ich wollte sowieso noch einen Tee ... Wir können dann darüber sprechen ...«

Sie ist außer sich, das begreift er ganz langsam, und er ist ebenfalls erschrocken darüber, dass er es getan hat. Es war blöd und hirnrissig von ihm. Jetzt, wo sie den Brief hat, wird sie ihn auf der Stelle lesen.

»Bitte lesen Sie ihn nicht jetzt. Nur dann, wenn –« Er will sagen: »wenn ich tot bin«, aber es gelingt ihm nicht. Er bringt es nicht über die Lippen. Er kann Martina nicht mehr ins Gesicht sehen. Martina scheint überhaupt nicht erstaunt darüber zu sein, dass er damit rechnet, bald tot zu sein.

»Bitte geh jetzt noch nicht weg«, ruft Martina hinter ihm her. Sie erwischt ihn, als er eben die Tür öffnen will. Sie zieht ihm die schwarze Baseballmütze vom Kopf und küsst ihn. Lothar schießt durch den Kopf, dass sie es nicht so meint, dass sie ihn nicht wirklich küsst.

Sie küsst ihn zehnmal. Lothar ist so fassungslos, dass er mitzählt. Acht, neun, zehn. Im Kino machen die Helden es irgendwie immer richtig. Lothar kann einfach nicht reagieren. Alles, was er denkt, ist, dass sie es nicht so meint oder dass er es nur träumt. Außerdem ist es überhaupt nicht toll, weil es so überraschend kommt. Irgendwie stehen sie schließlich wieder wie normale Menschen voreinander, er mit der Pocketkamera, sie mit seiner Baseballmütze in der Hand.

»Lothar«, sagt Martina. »Irgendetwas stimmt nicht mit dir. Ich werde den Brief doch lieber sofort aufmachen und lesen und dann ...«

»Es wäre ein Vertrauensbruch«, sagt Lothar. Er weiß, womit er sie packen kann.

»Du hast drei Tage in der Schule gefehlt und die Entschuldigung deines Vaters hat mich nicht sonderlich überzeugt«, setzt sie noch einmal an.

»Ach, das waren Vorbereitungen wegen Goa«, sagt Lothar leichthin. »Und die Sache mit dem Zahnarzt.«

»Ich habe kein gutes Gefühl, wenn du jetzt so gehst und ich mit diesem Brief in der Hand dastehe.«

Dazu sagt er nichts. Er hat auch kein gutes Gefühl. Er möchte nur eins, dass die sechs Wochen Sommerferien schon vorbei wären. Sechs Wochen können alles sein, Himmel und Hölle, Verzweiflung, Tränen, Albans Wutanfälle, ein Schädelbasisbruch, Krankenhaus. Die Kühlhalle unter der Trauerhalle am Friedhof drüben am Berg. Lothar denkt an Fabian in dem weißen Kindersarg, der schon ziemlich unpassend war für einen wie Fabian, der heimlich rauchte und sich rasieren musste. Er hat das deutliche Gefühl, Fabian steht lässig an der Wohnzimmertür gelehnt da, sieht alles mit an und lächelt ihm aufmunternd zu. Du machst es richtig, Lothar, ungefähr das steht in Fabians Gesicht.

Er, Lothar, wird tot sein, aber sonst wird alles sein wie immer. Martina wird seinen Brief nach den Sommerferien vor der Klasse vorlesen. Irgendwelche Vollidioten, die zu spät dran sind, werden durch den Gang laufen und Türen auf- und zuschlagen. Unten in der Pausenhalle ziehen sich andere donnernd eine Fanta aus dem Getränkeautomaten. Es stinkt wie immer nach durchgeschwitztem Turnzeug und jahrealten Turnschuhen.

Lothars Baseballmütze liegt auf dem Pult.

›Es gibt Dinge, die schlimmer sind als schlechte Noten. Ihr alle wisst wahrscheinlich schon, was geschehen ist‹, fängt Martina an, während sie den Brief mit zitternden Händen hält.

›Es ist so etwas wie Lothars Testament‹, wird sie erklären, feierlich und mit den Tränen kämpfend. Sie hat etwas Schwarzes angezogen, eine durchsichtige schwarze Bluse und einen halblangen schwarzen Rock. Vanessa, ebenfalls in Schwarz, wird dabei weinen.

Sechs Wochen sind wie sterben. Vielleicht wird er sich in ein Mädchen verlieben, das auf dem gleichen Stockwerk ihres Centro Holiday eine Ferienwohnung bewohnt. Sie werden sich jeden Tag am Strand begegnen. Und in dem kleinen Supermarkt, in dem Lothar jeden Nachmittag eine Stange frisches Brot holt.

»Siehst du, jetzt weinst du.« Martina flüstert es, aber er hat es gehört. Er dreht sich von ihr weg und kann gerade noch sagen: »Sechs Wochen sind zu lang.«

»Ja, viel zu lang«, antwortet sie, ohne zu zögern. Jetzt hält er es nicht mehr aus, denn es ist nicht auszuhalten. Er rennt wie ein Verrückter die Treppe runter. Soll sie die Mütze eben behalten. Die Mütze und den Brief.

10. Gott liebt die Tapferen

Im kleinen Fotogeschäft in Los Arcos gibt es auch spanische Bücher. Sie verkaufen Tabakzeug, Zigarillos, Zigarren, Zigaretten, Feuerzeuge in verschiedenen Preisklassen und Kreuzworträtselhefte, französische, englische, spanische und deutsche Zeitungen, außerdem Zeitschriften, Malstifte und Kugelschreiber und eben Bücher. Lothar hat das zerbrechlich aussehende Mädchen mit den halblangen glatten schwarzen Haaren gefragt, ob sie auch Gedichte haben. Er hat auf Englisch gefragt, reine Angeberei, denn sie versteht natürlich auch Deutsch. Alle Spanier, die an der Costa Brava ein Geschäft haben, sprechen Deutsch.

Lothar hat knielange schwarze Badeshorts an und eine Art Radfahrerhemd. Weil die Sonne tagsüber ohne Mütze nicht zu ertragen ist, hat er sich eine neue Baseballmütze gekauft, eine rote.

Ja, sie hätten welche da, sagt sie, von Antonio Machado und von Federico García Lorca. Er hat die Namen noch nie gehört, nickt aber ganz schnell, als ob er den Durchblick hätte. Das Mädchen scheint sich darüber zu freuen, dass er Bescheid weiß. Und wenn er andere wollte von irgendeinem anderen Poeta, müsste er es nur sagen. Sie könnte ihm jedes Buch innerhalb von zwei Tagen besorgen. Sie legt zwei dunkelbraune Bände mit goldenem Aufdruck vor ihn auf die Theke zwischen die Rätselhefte und die Feuerzeuge aus farbigem Plasik.

»*Poesías de Antonio Machado*«, sagt Lothar und streicht mit dem Finger darüber, irgend so ein Lederimitatzeug aus Plastik.

Ein braungebrannter Mensch mit Goldkettchen um den Hals, ungeheuer vielen grauen Haaren auf der Männerbrust, Bermudas mit Dschungelmuster und Badelatschen an den Füßen hinter ihm wird sichtlich ungeduldig.

Sie seien sehr verschieden. Antonio Machado hätte schlichte einfache Gedichte geschrieben, die von Federico García Lorca seien schwieriger. »One thousand Pesetas each«, sagt das Mädchen dann mit seiner sanften ängstlichen Stimme. Lothar denkt, dass der Goldkettchenmensch gleich losschreien wird, wenn sie noch eine halbe Minute länger mit ihm spricht.

Er überschlägt, was er von Tante Franzis Fünfziger noch übrig hat, und entscheidet blitzartig, beide Bände zu kaufen.

Das Mädchen packt sie in weißes Einwickelpapier ein wie ein Geschenk und heftet das Ganze mit einem Streifen Tesa zu. Lothar steckt die Bücherpackung in seine blau-weiß gestreifte Badetasche zur Stange Brot, dem Rioja Rotwein und der Fanta, die er für das Abendessen eingekauft hat. Es ist sechs. Um sieben essen sie immer oben in ihrer Wohnung im Centro Holiday mit Blick aufs Meer. Als er vor dem Eingang zum Centro steht, begreift er plötzlich, dass es der letzte Quatsch ist, jetzt mit Jutta und Alban (›Die Butter bitte.‹ – ›Gießt du mir noch etwas Rotwein ein?‹ – ›Darf ich die Fanta?‹ – ›Ich verstehe nicht, wie ein Mensch hier Fanta trinken kann.‹) – mit Jutta und Alban GEMÜTLICH MIT BLICK AUFS MEER zu Abend zu essen.

Dieses Mädchen hat ihn sofort verstanden. Dieses Mädchen hätte fast gefragt, ob er auch Gedichte schreibt. Wenn der Blödmann mit dem Goldkettchen nicht ungeduldig mit seinem Film auf die Theke geklopft hätte, wäre diese Frage gekommen. Lothar erwägt, zurück zu Los Arcos zu gehen und zu fragen, ob sie nach Dienstschluss eine Cola mit ihm trinken würde. Aber dann denkt er, dass er es morgen tun wird, wenn er die Zeitung bei ihr kauft. Morgen passt es besser. Bis dahin hat er auch schon etwas in den beiden Büchern herumgelesen. Heute ist es zu früh und er ist nicht in der richtigen Stimmung. Er wird morgen den Kampfanzug anziehen und die schwarzen Stiefel, das wird sie cool finden. In den Shorts und den Badesachen kann sie ihn nicht ernst nehmen.

Lothar hängt die Badetasche von der rechten auf die linke Schulter um und schlendert an der Gartenseite des Centro Holiday entlang zum Meer. Mit einem kurzen Blick streift er das Medical Center. Auf einer weißen Leuchttafel mit einem roten Kreuz ist eine Telefonnummer angegeben, unter der vierundzwanzig Stunden lang ein Arzt zu erreichen ist. Der weiße Sandstrand flimmert immer noch unter einem hohen tiefblauen Himmel. Die Hitze wabert. Lothar geht den Promenadenweg am Strand entlang. Hinter der Brücke über den ausgetrockneten Bach wartet sein Eukalyptusbaum auf ihn. Alban würde ihn dort nie finden, es ist einfach zu weit weg.

Unter dem Eukalyptusbaum steht eine kleine Bank, ein uraltes Modell, an dem eine Latte fehlt, was aber den Vorteil hat, dass sie meistens leer ist, wenn er kommt. Normale Menschen setzen sich nicht auf kaputte Bänke. Lothar zieht die Knie hoch und macht es sich so bequem wie möglich. Er bricht ein Stück Brot nach dem anderen von der Stange ab und trinkt dazu fast die halbe Fanta-Flasche leer. Danach ist er einigermaßen satt.

Behutsam greift Lothar sich jetzt das Bücherpaket und zieht den Tesa-Streifen ab. Erst Antonio Machado, beschließt er. Das Buch beginnt mit einem längeren Text, der wohl so etwas wie eine Einleitung sein soll und das Leben des Dichters beschreibt. Er ist in kleine Kapitel untergliedert. Eines davon hat die Überschrift »*La generación de 1898*«, das heißt wohl »Die Generation von 1898«. Lothar kann sich nichts weiter darunter vorstellen und blättert, bis er bei den eigentlichen Gedichten angekommen ist. Sie sind meistens nicht lang, einige ganz kurz.

Lothar liest sie halblaut vor sich hin und kommt in ihren Rhythmus hinein. Er kann nur ganz wenig Spanisch. Aber einige Wörter, die er schon kennt und die er einmal gehört hat, wiederholen sich immer wieder. Huerto, torre, ciudad. Garten, Turm, Stadt. Lothar ist beinahe stolz, dass er immerhin etwas verstehen kann. Von Leonor ist die Rede und von Guiomar, Lothar weiß nicht genau, wie man es ausspricht. Offenbar zwei Namen von Frauen, die für Antonio Machado eine wichtige Rolle gespielt haben. Und von Amor immer wieder. Es reimt sich auf Leonor.

Vom Meer her ist eine kühle Brise aufgekommen, die aber fast unangenehm ist. Die letzten Strandgäste rollen ihre Matten und Sonnensegel ein und verschwinden vom Strand. Alte Damen führen ihre Pudel über die Promenade. Zwei kleine Jungs in den rot-blauen Fußballhemden des FC Barcelona kicken ihren Ball immer wieder haarscharf an Lothar vorbei. Ein vertrockneter Palmwedel und eine Plastiktüte taumeln, von einem Windstoß getrieben, über den Weg vor Lothar. Die kleinen Fußballer rufen sich etwas zu. Der eine nimmt den Ball unter den Arm und dann verschwinden auch sie eilig in einer Seitenstraße.

Arbol, das Wort kennt er nicht. Lothar nimmt sich vor, es in dem Wörterbuch, das Alban mitgenommen hat, nachzuschlagen.

Alban und Jutta stehen jetzt am Fenster und schauen, ob Lothar irgendwo am Strand zu sehen ist. Sie haben kein Brot und keinen Rotwein. Jutta wird sagen, dass sie sich schreckliche Sorgen macht. Und Alban, er könnte ertrunken sein. Lothar malt sich die Szene aus, hat aber keine Art von Gefühl dabei. Er hat noch etwas Hunger. Er könnte das Mädchen aus dem Fotoladen morgen Abend auch zu einer Pizza einladen.

Er fröstelt jetzt in seinen dünnen Sachen. Er steckt die Bücher in die Badetasche und tritt den Rückweg an. In einem hell erleuchteten Friseursalon an der Promenade wird noch gearbeitet. Die Tür steht offen. Er versteht kein Wort von dem, was die Sängerin singt, obwohl er jedes Wort deutlich hört: »... arbolitos de mi corazón.«

Lothar nimmt den Fahrstuhl hoch in den vierten Stock. Sozusagen im letzten Moment ist ihm gedämmert, dass es ziemlich zu spät sein muss. Er hat unten an der Tür auf den Klingelknopf gedrückt, damit sie oben wissen, dass er kommt.

Alban steht an der Tür. Er sieht wütend aus. Und Lothar prustet plötzlich los. Alban wird doch nicht im Ernst sauer sein. weil er auf das Brot und den Rotwein gewartet hat. Während er noch lacht, begreift Lothar seine Situation. Er hat alles falsch eingeschätzt. Niemand hat ihm erlaubt, allein am Strand zu herumzubummeln. Und dann noch in den bescheuerten Shorts und den wackligen Badesandalen. Er muss sofort den Kampfanzug und die Stiefel... Er ist ein Idiot. RENN WEG, LOTHAR. RENN GANZ SCHNELL, DU SCHAFFST ES. Es ist zu spät. WEHR DICH.

Er versucht Alban auszuweichen. Aber Alban ist schneller und stärker. Alban packt ihn wie ein Kaninchen und wirft ihn gegen die benachbarte Flurwand. Lothar hört das Geräusch, als sein Schädel gegen die Mauer fliegt, und spürt bei diesem krachenden Aufschlag das äußerste Entsetzen. So fühlt sich vermutlich die Mücke, die mit der Mückenklatsche erschlagen wird, so hilflos ausgeliefert, ein armseliges Nichts. Keiner hilft ihm. Auf der ganzen Welt gibt es nur Alban und ihn. Alban ist ein Riese.

KOMM ENDLICH MIT. DIE SCHWANENKINDER WARTEN AUF UNS. KRIEGST WAS GUTES.

Ich kann nicht, sagt Lothar zu dem Gespenst. Schwarz und undeutlich steht es über ihn gebeugt, er erkennt die Stimme, die er lange nicht mehr gehört hat. Lothar spürt überströmende Zärtlichkeit für das Gespenst. Es ist ungeheuer stark. Es hat mehr Kraft als Alban. Es kann ihn vom Boden aufheben, als ob er Luft wäre, und mit ihm fortfliegen. DU KANNST ALLES, sagt das Gespenst. ES WIRD ZEIT, DASS DU ALLES KRIEGST.

Das Geräusch, sagt Lothar fast flehend. Hast du das Geräusch gehört? Es hat sich entsetzlich angehört.

ICH HABE ES GEHÖRT. DESHALB BIN ICH ZU DIR GEKOMMEN.

Lothar kann das Gespenst nicht sehen, weil er überhaupt nichts mehr sieht, er hört nur die Stimme. Er möchte antworten, er möchte »Arbolitos de mi corazón« sagen, einfach so, aber es geht nicht. Alles ist auf eine furchterregende Art dunkel und still. Auch das Gespenst ist gegangen.

Er spürt die Kälte auf der Haut und muss blinzeln, weil jemand ihm mit einem Leuchtstab direkt in die Augen leuchtet. Er erkennt einen Sanitäter in weißer Hose und roter Jacke, der irgendwie neben ihm steht. Ein Mann, den er noch nie gesehen hat, betastet sein Gesicht und leuchtet ihm erneut in die Augen. Es sind nur Sekunden. Dann sinkt Lothar in dichtes, tiefes, undurchdringliches Schwarz.

ICH HAB BROT FÜR DIE SCHWÄNE DABEI, sagt das Gespenst. SCHAFFST DU ES BIS ZUM STADTPARK ODER WILLST DU DICH VORHER NOCH EINMAL AUF DIE BANK SETZEN? DA DRÜBEN IST EINE SEHR SCHÖNE BANK. SIEHST DU DIE SCHÖNE GRÜNE BANK? DA KANN DER LOTHAR SICH GUT AUSRUHEN UND VON DEN PLÄTZCHEN ESSEN.

Lothar kann dem Gespenst nicht antworten. Er würde ihm gern sagen, wie froh er ist, dass es in der Dunkelheit bei ihm ist. Das Gespenst schiebt ihm ein Plätzchen in die Hand. Es ist einer von diesen runden Zuckerkringeln, Mürbeteig mit dicken Zuckerstückchen drauf. Lothar ist unfähig hineinzubeißen, deshalb hält er ihn einfach fest.

UND APFEL, bietet das Gespenst an. Lothar weiß, dass es eine große ausgebeulte, schwarze Einkaufstasche bei sich trägt. Er liegt jetzt sehr unbequem, schräg und festgebunden, auch das nimmt er nur für Momente wahr, ehe er wieder in dunkler Gefühllosigkeit versinkt. Dann stellt er fest, dass das Gespenst nicht mehr da ist. Ihn packt schweißtreibende Angst. Er spürt, dass er unterwegs ist und dass irgendetwas sehr schnell geht. Zugleich ist er sich völlig sicher, dass er tot ist und dass sein Schädel zerschmettert ist.

»Wenn nur nichts zurückbleibt. Wir machen uns schreckliche Sorgen, dass er vielleicht etwas von diesem Unfall zurückbehält.« Es ist Juttas Stimme, und Lothar schlägt die Augen auf.

Um ihn herum ist es viel zu hell. Die Bettdecke ist weiß, die Tapete ist weiß. Vor Jutta steht eine Frau im weißen Kittel. Um ihren Hals hängt ein Stethoskop, sie sieht aus wie eine Ärztin. Sie spricht Deutsch mit Jutta, halblaut und sachlich. Lothar versteht nicht alles, was sie sagt. Es fällt ihm schwer zuzuhören, er ist sehr müde.

»Mein Mann und ich, wir sind völlig verzweifelt. Er ist doch unser einziger Sohn. Wir machen uns schreckliche Sorgen.« Jutta spricht hastig und leise.

In der Ecke des Zimmers sitzt zusammengekauert Batman. Mit traurigen, mitfühlenden Augen sieht er Lothar an. Trotz der Verkleidung und der Augenmaske weiß Lothar sofort, dass es Fabian ist.

»Warum bist du gekommen?«, flüstert Lothar.

»Ich pass auf dich auf«, sagt Fabian laut und frech, aber doch mit einem traurigen Unterton. Alle im Zimmer müssen es gehört haben. Aber keiner nimmt Notiz von Fabian-Batman.

»Das ist gut«, sagt Lothar. Er ist sehr froh, dass Fabian so nahe bei ihm ist.

»Schädelbasisbruch«, sagt die Ärztin und betont jeden Buchstaben. »Er hat einen dreifachen Schädelbasisbruch. Wir müssen ihn weiterhin beobachten. Ihr Sohn ist in diesem Zustand nicht transportfähig. Er muss ruhig liegen.«

»Mein Mann lässt fragen, ob etwas zurückbleibt. Kann man

dazu schon etwas sagen? Er war schon vorher sehr merkwürdig, unser Sohn. Mein Mann meint, wenn er jetzt noch einen Hirnschaden ...«

Jutta spricht weiter, Lothar versinkt wieder. Gott liebt die Tapferen, denkt er. Eigentlich will er es sagen, auch zu Fabian will er es sagen, aber es ist unmöglich, er kann nicht einmal flüstern. Dios ama a los bravos.

Er ist immer noch sehr benommen. Es ist Tage später oder Wochen oder Jahre später, aber er ist immer noch hier. Gegenüber von seinem Krankenbett steht der Monitor, der seine Herztöne und seine Atemtätigkeit kontrolliert. Ab und zu jault er los, wenn eine der Elektroden auf Lothars Rücken wieder abgerutscht ist.

Es liegen noch zwei Jungen im Zimmer. Der eine ist ganz grau im Gesicht, obwohl er erst zehn ist. Manolo heißt er. Er muss sich ständig in eine nierenförmige Nirostaschale erbrechen. Er hat irgendetwas am Magen. Der andere heißt Rafael. Er hat Sehstörungen und soll eigentlich still liegen. Er hört den ganzen Tag Technomusitk, und Lothar und Manolo hören zwangsläufig mit.

Jutta ist fast immer da. Sie reden nur ganz wenig miteinander, weil es Lothar zu sehr anstrengt. Nur einmal hat er fast geschrien, als sie sagte, Alban würde gleich vorbeikommen. Lothar hat geschrien, dass er auf der Stelle sterben würde, sofern Alban die Unverschämtheit haben sollte, das Zimmer zu betreten.

»Das wird ihm sehr weh tun«, hat Jutta gesagt. »Dass du auch immer so unversöhnlich bist. Für Alban ist es sehr schwer. Jetzt muss ich Martina Reinke auch absagen.«

»Wem?«, hat Lothar gefragt. Ganz kurz war ihm danach, sich zu freuen, aber selbst Freuen geht nicht mehr in seinem zertrümmerten Zustand. Denken geht nicht mehr, Wütendsein auch nicht. Nicht einmal Angst geht mehr. Lothar sinkt wieder hinein in sein Schwarz, wo er es gut hat, wo das Gespenst irgendwo im Hintergrund sitzt, die zerbeulte Einkaufstasche zu seinen Füßen. Lothar denkt dumpf, dass er hier bleiben sollte, dass es sein eigentlicher Ort ist. Wie unter einem Küchentisch, denkt er. Er hat da etwas zum Spielen, Fetzen aus altem weichen Stoff. Er fühlt sie in der Hand. Plötzlich weiß er es wieder. Es sind selbstgenähte Stoffpuppen. Sie gehören ihm. Er wird hier nicht mehr rauskommen, mag geschehen, was da will. Überall, wo es hell ist, sind Alban und Jutta. Dahin will er nicht. Dahin kriegt ihn keiner.

›Du hast den Brief zerrissen‹, schreit Alban mit dröhnender Stimme. ›Ich brech dir jeden Knochen einzeln, damit du es dir merkst.‹ Aber Lothar war ganz flink. Er ist hierher unter den Tisch gelaufen. Hier ist er sicher. Alban kann nicht unter den Tisch, solange das Gespenst davor sitzt und Wache hält. ›Ihr seid alle gegen mich‹, schreit Alban. Dann ist er wieder weg. Von weit her tickt eine Pendeluhr. Es ist warm und gut und halbdunkel. Lothar hält den Atem an und wühlt in seinen Stoffpuppen. Von weit her jault und pfeift der Monitor.

Die Elfriede hat sie für mich gemacht, das weiß er einen Moment lang. Die Elfriede hat sie ihm geschenkt. Elfriede, die immer zu seiner Oma kommt. Elfriede hat schwarze Zöpfe. Sie sitzt mit ihm zusammen auf einer roten Vespa. Elfriede hat runde Brüste, und er fragt sie, was das für Dinger sind. Ob es Bälle sind. Die Elfriede lacht ihn freundlich aus. Der Mann fährt mit der Vespa die abschüssige Straße hinab. Die Elfriede sitzt ganz dicht hinter ihm und winkt und winkt. Lothar steht am Straßenrand und schaut hinter ihnen her.

Der Monitor jault weiter. Eine Krankenschwester stürzt herein und stellt ihn ab, während sie die Elektroden auf Lothars Rücken neu befestigt. Dann schaltet sie das Gerät wieder ein.

Lothar versucht, die über den Bildschirm ziehende Gipfelkette seiner Herztöne zu verstehen, aber die Augen fallen ihm gleich wieder zu. Er ist wieder unter dem Tisch im Warmen, im

Dunkeln. Das Gespenst schlurft um ihn herum und reicht ab und an ein Karamelbonbon zu ihm herunter.

Elfriedes Lachen wird heller. Sie öffnet die Tür. Sie trägt einen ganz kurzen Rock, einen Minirock und einen orangenfarbenen Rippenpullover, der ihre Brüste betont. Das Helle ist nicht gut. Von dem Hellen will er weg. Elfriede ist gekommen. Sie geht in die Hocke und will ihn unter dem Tisch herauslocken. Lothar presst die Stoffpuppen an sich und legt das Gesicht auf den Boden. Elfriede hat noch jemand mitgebracht. Den Mann, dem die rote Vespa gehört. Lothar mag den Mann mit der Vespa, aber er will nicht aus seinem Versteck heraus. Elfriede spricht mit ihm. ›Guck mal, was ich dir mitgebracht hab.‹

So spricht Elfriede gar nicht. Elfriede spricht Schwäbisch. Sie kann gar nicht anders als Schwäbisch sprechen. Lothar blinzelt. Er will wissen, warum Elfriede Hochdeutsch mit ihm redet.

Lothar reißt die Augen auf. Er kennt diese Stimme. Es sind zwei Urlauber, die an seinem Bett stehen, zwei Leute vom Strand, ein Mann und eine Frau. Sie haben Sonnenbrillen an, und der braun gebrannte sportliche junge Mann trägt Bermudas und Birkenstocks.

»Das ist Jan-Jakob, mein Freund. Lothar, du kennst doch Jan-Jakob. Auf Klassenfesten ist er immer dabei.« Es ist Martina. Sie hat schon längere Zeit geredet. Lothar denkt, dass er etwas sagen muss, aber er schafft es nicht. Martina hat zu helle Sachen an. Ein weißes T-Shirt und eine helle Leinenhose. Es ist wie mit den Ärztekitteln, er kann nur ganz kurz hinsehen, dann ist wieder alles weg.

»Erkennst du mich, Lothar?«, fragt Martina. »Ich soll dir Grüße sagen, ganz besonders von Vanessa.«

Es ist der Augenblick, in dem Batman durch das offene Fenster ins Zimmer einschwebt. Lothar hält sich mit den Augen an Batmans Schwarz fest.

Lothar überlegt, wer Vanessa ist. Ob Vanessa der Name

eines Orts ist oder eine Pflanzenart, so wie Aloe vielleicht. Oder eine Eissorte. Stracciatella. Vanessa ist wie Stracciatella, irgendwie gut, und wie Aloe Vera, das weiß er, aber dann stürzt er ab, tief und endgültig, irgendwohin, wo er sein Versteck und die Stoffpuppen nicht mehr finden kann, während der Monitor aufjault und die Gipfelkette auf dem Bildschirm jäh verflacht.

TEIL II

1. Schwarz auf weiß

Ein Jahr später. Wieder ist Sommer. Lothar ist sechzehn, und sie haben eins von seinen Gedichten in der Schülerzeitung abgedruckt. Überall ist Krieg. Abends um acht sieht Lothar die Tagesschau. Nichts wird besser, das ist ziemlich sicher. Überall wird alles nur noch schlimmer. Früher mal sind die Menschen zu Tausenden verhungert und abgeschlachtet worden, jetzt geht es immer gleich in die Hunderttausende.

»Halt den Mund, ich höre die Nachrichten«, zischt Alban, wenn Lothar so etwas ausspricht. Lothar weiß, dass er Recht hat. Der Krieg in Somalia, in Bosnien, Tschetschenien. Alban wird jeden Tag jähzorniger. Alban hasst Lothar und spricht es aus. Er schreit es ihm ins Gesicht. Auch zwischen ihnen ist Krieg. Einen wie Lothar muss man hassen. Faule Sau, hat Alban ihn genannt. Die faule Sau räumt ihr Zimmer nicht auf. Der Dreckskerl will mich provozieren. Und er sackt immer mehr ab in Mathe und Physik, tiefer geht es gar nicht mehr. Diese Scheißgedichte. Andere spielen Fußball oder Tennis oder machen sonst was Vernünftiges, nur mein Sohn sitzt stundenlang am Schreibtisch und verfasst Gedichte.

Manchmal sitzt Lothar spätabends ganz allein am Schreibtisch. Die Wohnung ist still und friedlich, und er fängt an zu zittern, einfach so, und bekommt Angst vor etwas, das keinen

Namen hat, vor einer Art dunklem schwarzem Abgrund, den nur er kennt, der dicht neben ihm ist. Nachts träumt Lothar, dass der Boden der Wohnung unter dem Teppichboden abbröckelt, dass alles einstürzt. Er ist der Einzige, der es weiß, aber er hat nicht die Kraft, aufzustehen und die anderen zu retten. Genau genommen kann er nicht einmal sich selbst retten. Wenn er aufspringt und rausrennt, wird Alban kommen und ihn prügeln. Lothar weiß gleichzeitig, daß er wieder maßlos übertreibt. Sein Vater ist eigentlich ein guter Mensch, er hat nur dieses Jähzornige an sich. Ihm, Lothar, fehlt das Geschick, mit Alban zurechtzukommen. Er ist ungeschickt und nicht diplomatisch. Er ist nicht liebenswürdig, dabei wäre es so einfach, etwas charmant und nett zu Alban zu sein. Jutta sagt immer, alles wäre gut, wenn Lothar sich nur ein bisschen Mühe gäbe.

Alban geht es ansonsten gut. Er hat jetzt ein Grundstück gekauft, sehr günstig, und einen Architekten beauftragt, einen, den er kennt. Jutta ist auch sehr froh darüber, dass sie das Grundstück so günstig gekriegt haben. Es liegt gar nicht weit von der Stadt.

Lothar ist sechzehn und hat Antonia Machado, diesen spanischen Dichter, gelesen. Das Buch, das er bei dem Mädchen in Los Arcos gekauft hat. Er hat letztes Jahr die Sommerferien im Krankenhaus in Figueras zugebracht. In der ersten Zeit dort war es ihm sehr schlecht gegangen. Jutta hatte sich irgendwo in Figueras eingemietet und war fast den ganzen Tag bei ihm. Sie brachte ihm auch Zeug zum Lesen mit, spanische und deutsche Zeitungen. Alles in allem war es zum Schluss fast vergnüglich. Alban war längst wieder in Deutschland und schloss Versicherungsverträge ab. Als es Lothar so langsam wieder besser ging, hat er die beiden Bände, den von Federico García Lorca und den von Antonio Machado, von Anfang bis Ende gelesen. Seit dieser Zeit kann er auch einigermaßen Spanisch sprechen. All die Krankenhausausdrücke hat er drauf, enfermera heißt Krankenschwester, Estacíon de Cuidados Intensivos Intensivstation. Martina Reinke und Jan-Jakob haben ihn wirklich besucht. Sie hatten Alban am Strand getroffen, ganz zufällig angeblich. Ausgerechnet an diesem Tag hatte Lothar so eine Art Herz-Kreislauf-Versagen. Danach ging es dann täglich besser, gerade so, als hätte Martinas Besuch die Wende gebracht. So viel zu Goa und den Golden Bays of Anjuna mit den Haifischschwärmen.

Die Sache mit dem Grundstück lässt ihn so kalt wie nur irgendetwas. Ein paarmal hat er versucht, politische Gedichte zu schreiben, also in etwa so wie Hans Magnus Enzensberger oder Peter Rühmkorf, die Richtung liegt ihm.

Er ist sechzehn und immer noch verliebt in Martina Reinke. Vanessa sitzt weiterhin neben ihm, sie schminkt sich jetzt ganz behutsam, Peppina und ihr Opa Flavio dürfen nichts davon merken. Sie hat immer noch keinen Freund und ist in allen Fächern besser geworden. Sie sind weiterhin Kumpel und Sitzgenossen. Nachhilfe nimmt sie jetzt nur noch gezielt vor Klassenarbeiten. Vanessa denkt an fast nichts mehr als an ihr geplantes Jurastudium und die Sache mit dem eigenen Anwaltsbüro. Dreißigtausend muss man da mindestens reinstecken, das wird genauso teuer werden wie eine Pizzeria. Und es soll edel aussehen, wegen der Kundschaft. »Weißt du, diese abgerissene Kundschaft mit den Autounfällen und den Scheidungen, die bringen es nicht. Der Laden muss vom ersten Tag an richtig laufen.«

Sie gehen sehr schnell durch die Fußgängerzone. Lothar hat einen Arzttermin bei dem Neurologen, dem Gehirnspezialisten, der ihn alle zwei Monate untersucht. Es ist ihm jedesmal peinlich, dass er immer noch dorthin muss.

»Ja, richtig laufen muss der Laden ... Hörst du mir überhaupt zu?«

»Doch«, sagt er matt. Dann stimmt er ihr zu und fragt, ob sie ihm Chancen geben würde, wenn sie Martina Reinke wäre. Sie bleibt stehen und sieht ihn skeptisch an. Er hat jetzt den Ansatz eines Oberlippenbärtchens.

»Du musst selbstbewusster werden und dir öfter die Haare waschen. Na ja, und du müffelst. Jeden Tag duschen und ein gutes Deo solltest du nehmen.«

Hört sich alles vernünftig an. Nur das mit dem Müffeln ärgert Lothar natürlich.

»Du hast echte Chancen, längerfristig gesehen. Der Jan-Jakob ist eine Übergangslösung. Zu sportlich, zu sehr Macho. Eines Tages wird sie ihn abservieren.«

So überzeugend, wie sie es sagt, kann man ihr nur glauben.

»Aber mal ehrlich, was hast du von der Reinke? Das solltest du dich auch mal fragen. Sie ist zu alt für dich.« Vanessa bleibt stehen, packt ihn bei den Schultern und schreit ihm ins Gesicht. »Irgendwann begreifst du es selbst.«

»Es geht Ihnen nicht gut, auch wenn Sie es jedesmal behaupten«, sagt Dr. Karl Eugen Winterstein und lehnt sich in seinen Ledersessel zurück. Er sieht ungefähr so aus wie Dr. Brinkmann aus der Schwarzwaldklinik. Es fehlt ihm nur das Behäbige, das »Möchten Sie einen Kaffee mit mir trinken, ehe ich Ihnen die Elektroden anklebe.« Oben aus dem weißen Kittel schaut der Knoten einer blauseidenen Krawatte mit einem Muster von kleinen roten Clowns hervor. Lothars Blick bleibt an dem roten Clown hängen, der einen Ball auf der Nase balanciert. Wahrscheinlich ist die Krawatte das Geschenk eines dankbaren Patienten. Dankbare Patienten machen Geschenke, Berthold Merkelbach erzählt immer wieder davon. Sie bezahlen zwar für ihren Zahnersatz oder die Plombe, aber sie sind trotzdem dankbar. Sie schenken Aschenbecher, Seidenblumensträuße, Topfpflanzen, Pralinen, Wein, einfach alles.

»Es geht Ihnen überhaupt nicht gut. Sie können gut lügen, aber ich glaube Ihnen nicht. Ich halte mich an Ihre medizinischen Befunde.«

So, da hat er es. Lothar hat jetzt im Sprechzimmer schon wieder das deutliche Gefühl, dass er hier eigentlich verschwinden sollte.

Jetzt ist er schon mindestens eine Viertelstunde in den Händen des Doktors, das EEG im anderen Raum nicht eingerechnet. Winterstein stellt bekloppte Fragen, die gleichen wie bei den letzten Malen vor zwei Monaten, vor vier Monaten. Lothar leistet Widerstand so gut er kann. Heute ist er nicht gut drauf. Das mit dem Müffeln hätte Vanessa nicht sagen sollen. Damit hat sie ihn treffen wollen.

»Ihr Zustand gefällt mir überhaupt nicht. Sie haben immer noch diese leichten Sehstörungen. Sie haben Schwierigkeiten, sich zu konzentrieren. Alles Folgen Ihres Unfalls in Spanien.«

Bei diesen Gesprächen kommt jedesmal etwas ganz anderes raus, als er, Lothar, es sich vorher gedacht hat. Beim letzten Mal ist ihm herausgerutscht, dass Alban ihm Ohrfeigen gibt. Winterstein war kaum davon abzuhalten, Alban auf der Stelle in seinem Versicherungsbüro anzurufen und ihm Vorwürfe zu machen, was ja unweigerlich nur zu weiteren Wutausbrüchen Albans und weiteren Ohrfeigen geführt hätte.

Lothar fühlt sich elend, während er auf der anderen Seite des Chefschreibtischs sitzt. Und dann dieses blödsinnige Sie. Er hat nicht die Kraft, Winterstein zu bitten, Du und Lothar zu ihm zu sagen. Und vielleicht ist es ja auch so, dass er irgendwann anfangen muss, erwachsen zu werden. Das mit dem Sie ist eine der vielen Vorstufen davon. Irgendwann wird er eine Scheckkarte und eine Kreditkarte haben und einen richtigen Job, eine eigene Wohnung und wer weiß was noch.

Auf dem Regal hinter dem Neurologiemann stehen Familienfotos in silbernen Rahmen, ein Foto einer gut aussehenden, ziemlich jungen Frau, die auf einem Pferd sitzt, Babyfotos. Der Neurologiemann hat ein glückliches Familienleben. Etwas zur Seite gerückt ein vergoldeter Rahmen, aus dem ein dunkelhaariges Mädchen traurig herüberschaut.

Die Vorstellung vom glücklichen Familienleben seines Gegenübers wirkt auf Lothar komischerweise einschüchternd. Wahrscheinlich sind die Kinder auf dem Fotos nette, unkomplizierte kleine Dinger, die nicht lügen und immer gute Laune haben und ihren Papi richtig gern haben. Kinder, die man einfach gern haben muss.

»Warum fällt es Ihnen so schwer, das zuzugeben?«

Winterstein betritt abends seine Wohnung. Alles in Weiß, entscheidet Lothar blitzschnell. Weißer Teppichboden, weiße Möbel, Glas, Sprossenfenster, ein großer Wohnraum mit Kamin. Die Kleinen purzeln ihm entgegen und hüpfen an ihm hoch. Winterstein hat für jedes von ihnen eine Tüte Gummibären mitgebracht –

»Haben Sie überhaupt zugehört?«

Natürlich hat er.

›Papa, Papii!‹, schreien die Kids. Sie haben einen weißen Hund, eine weiße Katze und einen weißen Hasen und ihre Mami hat ein weißes Pferd. Winterstein sieht aus, als wollte er mit der Karteikarte nach Lothar werfen.

»Was zuzugeben?«

»Die einfache Tatsache, dass Sie Sehstörungen haben. Ich vermute, dass das zu einigen Problemen in der Schule führt. Haben Sie manchmal Kopfschmerzen?«

»Na ja, ich gehe zu wenig an die frische Luft. Ich lese zu viel. Ich bin selbst dran schuld«, sagt Lothar und verhaspelt sich dabei. »Mein Vater hat gesagt, ich soll Trainerstunden in Tennis nehmen und endlich einen Sport vernünftig betreiben. Aber ich hab's noch nicht gemacht, ich hätte nur dort anrufen müssen, aber irgendwie …« Er hat es verschlampt, so ist es. Alban ist sauer auf ihn deswegen.

Das Bad ist auch ganz weiß. Weißer Marmor, weiße Handtücher –

»Also Kopfschmerzen. Warum haben Sie es nicht gesagt, als ich Sie vorhin danach gefragt habe?«

»Es sind keine richtigen Kopfschmerzen«, sagt Lothar. »Ich bilde mir manchmal solche Sachen ein. Wenn ich ein Aspirin nehme, wird es sofort besser.«

Der Doktor sieht genervt und gelangweilt aus. Er schreibt etwas auf Lothars Karteikarte. Lothar hat das deutliche Gefühl, dass alles schief läuft.

»Ich möchte Ihnen einen Vorschlag machen. Sie sind ein guter Schüler, von Ihren Noten her ist es durchaus zu verantworten. Und außerdem ist Ihre Gesundheit ohnehin das Wichtigere. Ich werde Sie in Kur schicken. Sie müssen ganz heraus aus Ihrem Alltag, aus Ihrem Stress. Danach werde ich Sie nochmals untersuchen und vor allem Ihre Sehfunktion überprüfen. Außerdem werden wir wieder ein EEG machen. Wir könnten auch eine Computertomographie machen.«

Du lieber Himmel, auch das noch. Computertomographie ist das, wo man in eine Röhre gesteckt wird. Das haben sie in Spanien mit ihm gemacht.

Das hat er sich selbst eingebrockt mit seinen dummen Antworten. Lothar sieht eine Brunnenanlage vor sich, vor der er Schlange steht. Vor ihm alte Damen, hinter ihm alte Damen. Alle mit Stock und Handtäschchen. Das Ganze in einem wunderschönen Park mit alten Bäumen.

»Drei Wochen«, sagt der Doktor in seinem tadellos gestärkten weißen Kittel. »Drei Wochen sollten es schon sein. Sie sollten einmal wirklich ausspannen. Die Schulbücher bleiben zu Hause.«

»Aber es muss doch keine richtige Kur sein«, stammelt Lothar. Er sieht sich im Moorbad sitzen. Anschließend Sahnetörtchen. Er hört Tante Franzi erzählen: ›Hat mir so gut getan, Jutta. Irgendwie war's ja sehr anstrengend, aber das mit meinem Arm ist arg viel besser geworden seitdem . . .‹

»Es muss nicht unbedingt eine Kur sein. Es könnte auch eine Nordseeinsel sein. Reizklima wäre nicht schlecht für Sie.«

»Ein Bauernhof«, stößt Lothar hervor.

Der Doktor kritzelt schon wieder auf der Karteikarte, hebt sie hoch und überliest noch einmal alles, was er geschrieben hat.

»Ich habe eine Tante auf der Alb. Sie hat einen Hof. Da könnte ich hin.«

Der Doktor lässt die Karteikarte sinken. Er denkt ungefähr zwei Minuten lang über Lothars Vorschlag nach. Dann nickt er. Wahrscheinlich will er Lothar jetzt endgültig loswerden.

»Ich werde Ihre Eltern anrufen und Ihnen eine Bescheinigung zur Unterrichtsbefreiung für Ihre Schule ausstellen. Sie sollten möglichst bald losfahren. Und danach melden Sie sich bitte wieder bei mir.«

Lothar gibt ihm die Hand.

»Warten Sie bitte noch einen Moment im Vorzimmer. Die Bescheinigung können Sie gleich mitnehmen.«

Das Bad ist wirklich strahlend weiß. Dr. Wintersteins schöne, blond gefärbte Frau hat Lothar eingeladen, ein Schaumbad zu nehmen. ›Kommen Sie dann gleich zu uns an den Kamin. Sie mögen doch Spaghetti mit Tomatensoße? Die essen wir immer mit den Fingern, wenn wir auf dem Teppich vor dem flackernden Feuer sitzen, und wir bewerfen uns dann mit den Spaghetti. Das macht unheimlich Spaß. Es wird Ihnen auch gefallen.‹

Und damit schiebt sie ihn fast ärgerlich ins Badezimmer. Klar, er riecht nicht gut. Wenn er sich weigert zu baden, lassen sie ihn nicht zu sich herein. Das Wasser ist schon eingelassen. Dr. Karl Eugen Winterstein hat über Telefon wahrscheinlich durchgegeben, dass seine Frau sofort ein Bad für einen seiner Patienten einlassen möge. Der Schaum duftet unvergleichlich nach Maiglöckchen. Von drüben lachen und gicksen die Kinder. Wahrscheinlich werfen sie schon die Nudeln durchs Zimmer. Das Spaghettispiel. Glückliche Familien sitzen abends vor dem Couchtisch am offenen Kamin und spielen Brettspiele und mittags bewerfen sie sich mit Spaghetti.

Der Hund kläfft fröhlich. Lothar hat die Kleider hastig abgeworfen und taucht in der Wanne unter. Es ist ein Whirlpool, über Eck in das große helle Bad gebaut. Lothar genießt es zu baden. Er bleibt ganz ruhig liegen und freut sich auf die Kinder, das Essen, die Tiere und das Kaminfeuer. Er schaut auf seine wasserdichte Funkuhr. Zehn Minuten genau bleibt er in der Wanne. Dann drückt er mit dem großen Zeh den Ausgussschließer. Ganz langsam nur sackt der Wasserspiegel ab. Mit Entsetzen sieht Lothar den ölig schwärzlichen Schmutzrand, der sich gegen das strahlende Weiß des Whirlpools beschämend abhebt. Lothar springt auf und greift nach einem der schneeweißen Badetücher, um sich abzutrocknen. Es wird sofort schauerlich schmierig-ölig schwärzlich. Er ist immer noch nicht sauber, trotz des Bades. Mit einem Rülpston verschwindet der letzte Schaum im Abflußloch und steigt dann schwallartig und gurgelnd zurück. Irgendetwas stimmt nicht mit dem Abfluss. Oder dieses Dreckwasser ist so zäh und dickflüssig, dass es nicht abfließen kann.

Lothar sieht sich um. Ihm bleibt nur die Möglichkeit, durch das Badezimmerfenster zu flüchten. Auf dem schneeweißen Badeteppich sind schmutzige Fußspuren. Seine Fußspuren, unverkennbar. Eine Bürste, ein Scheuerlappen. Dieses Bad ist so edel, dass nirgendwo eine Bürste oder ein Scheuermittel stehen. Wer hier badet, badet nur zum Vergnügen. Wer hier badet, der ist schon sauber. Lothar nimmt die Klobürste aus dem weißen Keramikständer mit goldenen Verzierungen und beginnt wie ein Wahnsinniger die Whirlpoolwanne zu schrubben. Es ist aussichtslos. Glubbernd steigt ein neuer Schwall von schmutzigem Dreckwasserschaum auf, sinkt in sich zusammen und bäumt sich erneut auf.

›Kommen Sie! Wir warten! Lassen Sie uns nicht warten‹, ruft Wintersteins Frau. Der Hund springt gegen die abgeschlossene Badezimmertür und kratzt zornig dagegen. Klatschend fliegen Spaghetti mit Soße gegen die Tür, während die Kinder vor Vergnügen aufkreischen.

Er wird niemals aufmachen. Sterben, das ist das Einzige. Er wird jetzt schnell und zügig dieses Parfüm in dem schwarzen Flakon in einem Zug trinken und abwarten, bis alles vorbei ist.

›Machen Sie auf, Lothar.‹

Wird er nicht. Wird er nie.

›Wir holen jetzt die Polizei. Wir wissen, was Sie vorhaben. Wir wissen, wie es da drinnen aussieht. Wir wissen, dass Sie es waren.‹

Frau Wintersteins Stimme ist unheimlich und drohend geworden.

KOMM JETZT, WIR MÜSSEN HIER WEG, sagt das Gespenst. Lothar wundert sich überhaupt nicht darüber, wie es hereingekommen ist. Schwarz und undeutlich steht es in leicht gebückter Haltung auf dem versauten Badezimmerteppich. Auch die ausgebeulte Einkaufstasche ist schwarz. Das Gespenst hat sie auf dem Klodeckel abgestellt.

›Ich hab das ganze Bad ruiniert. Das verzeihen sie mir nie. Wo ich doch eingeladen war‹, sagt Lothar hilflos und weint plötzlich los. Dr. Karl Eugen Winterstein wird seine Karteikarte zerreißen und in den Papierkorb befördern.

›Dieser Widerling tritt nicht mehr über die Schwelle meiner Praxis‹, schreit Winterstein in diesem Moment im Hintergrund. ›Wie ist er überhaupt hereingekommen? Ihr habt ihn doch nicht etwa hereingelassen. Ich schlag ihn zusammen. Ich bring ihn um.‹

Aber er, Lothar wird ihm zuvorkommen. Diesmal ist er schneller. Er weiß genau, was zu tun ist. Er schraubt den vergoldeten Metalldeckel los. LASS DEN UNFUG, sagt das Gespenst und nimmt ihm den Parfümflakon aus der Hand.

2. Lothar ist feige

»Lotharle«, sagt Jutta, »musst du heute Mittag wirklich dahin?« Lothar sitzt im Flur und zieht sich die schwarzen Schnürstiefel über. Am liebsten würde er den, den er gerade in der Hand hält, zornig auf den Boden knallen. Sie soll ihn nicht so nennen. Hundertmal hat er sich das alberne »Lotharle« verbeten.

Er muss hin. Es ist das letzte Mal, dass er Martina vor seinen drei Wochen bei Tante Franzi zu sehen bekommt. Heute Morgen in der Schule hat er nur ganz kurz mit ihr gesprochen und ihr Dr. Wintersteins Bescheinigung in die Hand gedrückt. Sie hat ihm später in der Mathestunde ausrichten lassen, Big Jensen habe die Genehmigung erteilt. Vielleicht sagt sie nachher noch, er könnte sie mal anrufen.

Die Tempeltänzerin aus Bali, die vielleicht eine Göttin ist, sieht irgendwo anders hin, als ob sie nichts mit dem Mittagessengeruch in der Wohnung zu tun haben wollte.

Der Traum von heute Nacht hat ihn ziemlich mitgenommen. Es war alles so wirklich. Er hat den Maiglöckchengeruch noch in der Nase. Und dann dieser ölige schwarze Dreckrand auf dem Weiß der Wanne. Er sieht ihn wieder vor sich, er riecht ihn. Es würgt ihn im Hals. Er muss gleich kotzen.

Jutta steht in der offenen Küchentür. In der Küche türmt sich über die Nirostaspüle das ungespülte Geschirr von gestern. Man kann es erst in die Spülmaschine einräumen, wenn man sie vorher leer gemacht hat. Dazu ist Lothar gestern nicht mehr gekommen.

»Wir wollen die Plakate für das Schulfest malen«, sagt er. »Ich kann nun mal am besten malen.«

»Und die Martina Reinke ist natürlich auch dabei.« Jutta mag Martina nicht, Jutta verabscheut Martina geradezu. Sie will sie auch nicht sehen, sie geht zu keinem Elternabend mehr hin. Sie hätte dieser Frau nichts zu sagen, behauptet Jutta.

Lothar zuckt zusammen. Wie sie schon wieder darauf kommt. »Nein, Frau Reinke ist natürlich nicht dabei. Die ist froh, wenn sie einen freien Nachmittag hat.«

»Lotharle...« Juttas Stimme ist dünner und schwächlicher denn je. »Weißt du, ich glaub, ich werde nicht alt. Ich hab schon so viel im Leben mitgemacht, so schreckliches Zeug, und die Gesündeste bin ich auch nicht, das war ich noch nie.«

Lothar sieht sie nicht an, als er den Türgriff berührt.

Jutta kommt in den Flur heraus. Sie erwartet vermutlich, daß er erst die Küche aufräumt. Wenigstens das, Lotharle. Verdammt nein, denkt Lothar. Denkt es mit Wut. Nicht schon wieder. Nicht jeden Tag.

Er steht schon halb im Treppenhaus. Drüben bei Vanessa warten sie auf ihn. So ungefähr die halbe Klasse. Martina Reinke hat morgens angekündigt, sie würde auch einmal kurz hereinschauen. Vanessas Opa, der alte Flavio Grosso, der sie manchmal von der Schule abholt wegen der Jungs und weil sie jetzt doch in einem gefährlichen Alter wäre, hat einen italienischen Kuchen gebacken, und der Espresso duftet schon. Und abends bringt Peppina Calzone für sie alle mit. Hat sie jedenfalls versprochen.

»Du bist überhaupt nicht mehr zu Hause. Du bist nur noch fort. Jeden Nachmittag eine andere Arbeitsgemeinschaft. Jeden Nachmittag bei einem anderen Freund...«

Sie weiß genau, dass es nicht wahr ist. Er räumt fast immer erst die Geschirrspülmaschine ein und bringt die Küche in Ordnung, ehe er geht. Oft nimmt er in Kauf, zu spät zu kommen. Keiner aus seiner Klasse macht so viel zu Hause wie er. »Muttersöhnchen«, sagt Mirko immer, wenn er erst später kommt. Das kratzt ihn nicht, da steht er drüber. Aber etwas dankbar könnte Jutta wenigstens sein.

»Und meine Pullover«, fängt Jutta an. »Du ziehst die Pullover gar nicht mehr an.«

»Kein Mensch läuft im Sommer in Strickpullovern herum«, sagt Lothar.

»Früher hast du immer die rote Wolljacke dabeigehabt, auch im Sommer. Ohne die rote Jacke bist du nicht aus dem Haus gegangen. Weißt du noch, die hatte ich im Urlaub in Spanien für dich gestrickt, vor vier Jahren.«

»Sie ist zu kurz geworden. Sieh meine Arme mal an ...«

Alles zwecklos, Jutta ist beleidigt, weil er die Selbstgestrickten nicht mehr trägt. Manchmal tut es ihm leid, aber es geht einfach nicht mehr.

Es hatte wieder irgendwelchen Streit zwischen Jutta und Alban gegeben. Morgens beim Frühstück war Jutta schon vor sich hin weinend zwischen Küche und Essecke gewechselt. Beim Kaffeeausschenken hatte sie geschnieft und Lothar hatte Alban einen hasserfüllten Blick zugeworfen.

»Bleib einfach mal zu Hause bei deiner Mutter. Wir trinken zusammen Kaffee und ich hole uns Torte beim Konditor drüben. Dann reden wir mal wieder miteinander. Lothar, es ist nicht gut, dass wir so wenig miteinander reden. Früher, da warst du ganz anders.«

Nach Lothars Geschmack reden sie eher zu viel miteinander. Stundenlang. Und hinterher ist doch alles wie vorher. Vögel im Käfig unterhalten sich so miteinander.

Lothar hat Jutta ein paarmal gefragt, warum sie Alban nicht verlässt. »Du könntest dich scheiden lassen.« Jutta hatte ihn erschrocken angesehen. »Das geht nicht. Ach, Lothar das geht nicht.« Lothar fand, dass es sehr wohl gehen könnte. »Da musst du dir eben einen Job suchen, einen Ganztagsjob. Hast du schon mal die Stellenanzeigen in der Zeitung durchgeschaut? Da ist bestimmt was für dich dabei.«

»In meinem Alter hat das keinen Zweck mehr. Ich krieg keinen Ganztagsjob mehr, ungelernt wie ich bin.«

Aber er denkt immer, dass sie schon etwas bekommen könnte, wenn sie es versuchen würde. Jutta ist nicht so alt, wie sie sich immer hinstellt. Sie ist dreiundvierzig, zwei Jahre älter als Peppina.

»Du könntest einen Laden aufmachen oder eine Kneipe«, hat Lothar vorgeschlagen. Er würde ihr dann jeden Tag helfen. – »Du bist wirklich ein Spinner«, hat sie gesagt. – »Oder einen Imbiss. Versuch's doch einfach mit einem Imbiss. Pommes, Würstchen und Frikadellen. Das kann man dann erweitern.« – »Und nachher hätte ich noch Schulden am Hals.« – »Na und«, hat er gesagt.

Bloß jetzt nicht wieder solch ein Gespräch, er würde sich nur wieder ärgern. Jutta traut sich nichts zu. Sie redet zu leise und sie guckt zu verzweifelt.

»Ich bin in letzter Zeit ziemlich oft zu Hause geblieben und hab Torte bei dir gegessen«, hört er sich sagen. »Ich hab fest zugesagt, dass ich die Plakate übernehme.«

»Die nutzen dich aus«, sagt Jutta und schnieft schon wieder. »Dabei werden sie auch ohne dich fertig. Eine Mutter hast du nur einmal im Leben. Aber deine Mutter bedeutet dir ja nichts mehr.«

»Also jetzt hör aber wirklich auf!«

»Kubatorte ...«, lockt Jutta.

Er sieht es vor sich, das kühle Dreieck aus Bisquitboden, herber Schokolade und süßlicher Mokkacreme, mit der halbierten Walnuss auf einem Nugatklecks und geraspelten Pistaziensplittern dekoriert. Sieht, wie die Verkäuferin das Messer in den Wasserbecher senkt, um dann die markierte Schnittstelle zu durchtrennen.

»Oder Fürst-Pückler.«

Lothar hat leise genickt. Er sitzt auf dem Boden im Flur unter der indischen Tempeltänzerin, die das Bein anhebt und hochmütig über ihn hinwegschaut. Lothar zieht die Stiefel ganz langsam wieder aus. Jutta wird Fürst-Pückler und Kubatorte holen, insgesamt vier Stück. Mehr geht nicht, von mehr wird einem schlecht.

Wieder hat er den Tisch gedeckt.

Der Kaffee duftet. Lothar nimmt viel Milch, dann ist er nicht so stark. Jutta trinkt ihn schwarz und stark mit zwei Löffeln Zucker.

»Weißt du, was der Fehler war?« Juttas Gesicht hat einen weichen, träumerischen Ausdruck bekommen.

Lothar überlegt, welchen Fehler sie meint. Dass sie Alban geheiratet hat?

Einen Moment lang glaubt er, es zu wissen. Dass Alban und sie ihn, Lothar, in die Welt gesetzt haben, das war der entscheidende Fehler. Das war es, was Juttas Leben ruiniert hat und was sie untrennbar für immer an Alban gebunden hat.

»Sprachen«, sagt Jutta plötzlich fest und nicht mehr leise. »Ich hätte Sprachen lernen sollen. Französisch. Englisch. Das wäre es gewesen. Was ich jetzt für Berufe haben könnte. Der Lehrer in unserer Schule hat gesagt, das würde mir liegen. Aber du weißt ja... Es ist alles anders gekommen. Ich hatte auch keine Zeit zum Lernen wegen der Arbeit auf dem Hof. Das war sehr schwer. Und abends war ich nur noch müde. Da war auch nichts mehr mit Lernen.«

»Quatsch«, sagt Lothar und wundert sich darüber, wie brutal er sein kann. »Du hättest Alban nicht heiraten sollen. Das war der größte Fehler.«

»Dann wär ich nie nach Thailand und Indien gekommen«, sagt Jutta. »Nie im Leben hätt ich das gesehen, was ich damals gesehen habe. Und ich würde auch nicht so toll wohnen – so wie wir wohnen nicht viele.«

Ihre Hochzeitsreise hatten Jutta und Alban nach Ostasien gemacht, Indonesien, Thailand, Indien. Sie haben kein Hochzeitsfoto aufgestellt, sondern eins, wo sie beide auf einem Elefanten sitzen. Alban hatte in seinen jungen Jahren irgendwelche Reiseversicherungen abgewickelt. Der Flug war für beide umsonst, nur die Hotels mussten sie selbst bezahlen. Vier Wochen lang waren sie unterwegs.

»Du kannst Alban immer noch verlassen«, sagt Lothar hartnäckig.

Jutta sieht ihn hoffnungslos und verzweifelt an. »Und die Dias?«

»Was für Dias?«

»Die Dias von Thailand und Indien. Ich dürfte kein einziges mitnehmen. Ich weiß, wie Alban ist.«

»Scheiß auf die Dias«, sagt Lothar wütend und möchte am liebsten seinen Teller mit dem Rest Kubatorte auf den Tisch knallen.

»Dann hab ich gar nichts mehr«, sagt Jutta. »Versteh das doch mal.«

»Du hast schon jetzt nichts«, sagt Lothar. Es hört sich kalt und grausam an. Genauso hat er es gemeint.

3. Martina, anders

Es ist einer von diesen Tagen, denen schon morgens um sechs anzumerken ist, daß heute irgendetwas in Erfüllung geht. Dass sie eine Eins in Mathe bringen oder den Hauptgewinn im Supermarkt-Preisausschreiben. Lothar hat aus dem Fenster gesehen und plötzlich war wieder das tolle Gefühl da: Ich bin der Mann auf der Welle und da drüben steht mein Hotel, und das Bistro und die Spielhalle. Er wird in seinem Zimmer bei Tante Franzi am Schreibtisch unter der Dachgaube sitzen und Gedichte schreiben, während draußen die zusammengetriebenen Kühe vor dem Stall muhen.

Die anderen aus seiner Klasse werfen sich jetzt die Rucksäcke über, schnallen die Rollerblades an die Füße, und auf geht's zur Schule. Lothar guckt schnell auf die Uhr. Es ist noch morgendlich dunstig und beinahe kühl.

Die rote Kleinbahn steht schon am Bahnsteig. Drinnen sitzt kein Mensch. Heute Morgen wollen nur ein paar ältere Leute auf die Alb. Es ist ein unglaubliches Gefühl, so früh allein im Bahnhof zu sein, einen braunen Fünfziger im Portemonnaie, und zu wissen, dass man drei Wochen nicht zurückkommen wird. Besser könnte er sich nicht mal vor dem Flug nach Goa fühlen.

Lothar hat den Seesack nur knapp vollgepackt. Einer wie er braucht fast nichts. Keine schweren Koffer für drei Wochen wie manche älteren Leute, die in Urlaub fahren, als wollten sie ein neues Leben mit all ihrer Habe anfangen.

Hauptsächlich Bücher hat er mitgenommen, allerdings keine Schulbücher. In diesem Punkt hat er sich an die Anweisungen seines Doktors gehalten. Jutta hat Tränen in den Augen gehabt, als sie ihm belegte Vollkornbrötchen und eine Fanta mitgegeben hat. So lange war er noch nie von ihr weg, seit er denken kann. Es macht ihm aber überhaupt nichts aus. Den Blumenstrauß für Tante Franzi hat er vergessen. Und die Vollkornbrötchen hat er im Rausgehen ganz unauffällig in den Abfalleimer in der Küche befördert.

»Es ist Salami drauf und Ei und Gurke«, hat Jutta noch geflüstert. »Bitte ruf jeden Abend an. Ich ruf dich auch an, so oft es geht.«

Im Hof hat er überlegt, ob er Pegasus nicht doch mitnehmen soll. Aber dann ist ihm wieder eingefallen, dass bei Tante Franzi in der Scheune genug alte Fahrräder herumstehen. Er ist noch einmal kurz in die Bäckerei auf der anderen Straßenseite gegangen und hat sich drei Nusshörnchen gekauft und einen Schokokuss für jetzt gleich.

Zwei Nonnen mit ganz jungen ungeschminkten Gesichtern in langen schwarzen Gewändern haben sich Lothar gegenüber gesetzt, obwohl noch mehr als der halbe Wagen frei ist. Lothar überlegt, ob er sich einen anderen Platz suchen soll. Kaum sitzen die beiden, fragt die eine ihn, ob sie ihm einen Apfel anbieten dürfte, und reicht ihm einen herüber. Lothar wird rot, bedankt sich, hat aber nicht die mindeste Lust, jetzt einen Apfel zu verzehren. Er hat den Seesack neben sich auf der Bank, die Beine unbequem angezogen, um nur ja nicht an die Nonnen zu stoßen, und traut sich nicht, ein Nusshörnchen aus der Bäckertüte zu nehmen. Sicher erwarten die beiden, dass er den Apfel sofort aufisst. Der Zug setzt sich mit einem Ruck in Bewegung. Lothar öffnet den Seesack und holt den Antonio Machado heraus. Zwei seiner Boxershorts fallen dabei auf den Boden und rutschen zwei Bänke weiter. Er muss aufstehen, um sie zu holen. Es ist ihm furchtbar peinlich.

Lothar verstaut die Boxershorts wieder, legt die Nusshörnchen dazu und hält sich das Buch vor die Nase. Sollen sie denken, was sie wollen. Sie sehen so aus, als wollten sie jeden Moment ein Bekehrungsgespräch mit ihm beginnen.

Die Ersatzbrille, die Jutta für ihn ausgesucht hat, hat er auch nicht mitgenommen. Sie sieht kriminell dämlich aus. Jutta hat sie so gut gefallen, klar. Er wusste gleich, dass es ein Fehler war, sie zum Brillenkaufen mitzunehmen. Und den warmen Anorak hat er vergessen. Der warme Anorak sieht auch kriminell blöd aus, den hat Jutta nämlich für ihn gekauft. Lieber friert er sich tot, als dass er sich tot schämt in einem so uncoolen Anorak.

»Die jungen Menschen müssen heute viel lernen«, sagt die ältere der beiden, die ihm am Fenster gegenüber sitzt.

»Es ist freiwillig«, sagt Lothar. »Ich bin vom Unterricht befreit, weil ich eine Kur mache.«

»Da sind Sie wohl arg krank«, meint die andere, die auf Lothar jünger wirkt. Sie sprechen beide ein ländliches Schwäbisch.

»Tb«, sagt er, um der Sache ein Ende zu machen, und hält den Machado wieder vors Gesicht.

»Und was machen Sie dagegen?« Sie haben es gleichzeitig ausgerufen.

Das mit der Tb war genau das Falsche. Lothar legt den Machado auf den Seesack und beißt vor Ärger und Verzweiflung in den Apfel.

»Medikamente, dreimal am Tag.«

»Und glauben Sie, die Kur wird Ihnen helfen? Wo gehen Sie denn hin?«

»In ein Sanatorium auf dem Land. Ich soll dort Spaziergänge in der frischen Luft machen und rohe Stutenmilch trinken.« Das Lügen ist jedesmal eine kleine Lawine, die sich nicht mehr aufhalten lässt, sobald sie einer losgetreten hat.

Die ältere Nonne versichert, davon hätte sie auch schon gehört. Stutenmilch sei sehr hilfreich, nicht nur gegen Lungenkrankheiten. »Ist das ein Sanatorium nur für Lungenkranke?«

»Es ist recht bekannt, nur für Lungenkranke. In Stürzingen. Am Waldrand«, erläutert Lothar. »Sie haben dort einen sehr guten Professor.«

»Stürzingen am Neckar … das ist ja ganz in der Nähe von unserem Mutterhaus«, sagt die Schwester am Fenster zur anderen. Lothar schießt durch den Kopf, dass es ein Fehler war, sich mit dem Ort festzulegen.

Bis zu Tante Franzis Dorf sind es noch sechs Stationen. Allerdings braucht Lothar fast nichts mehr selber zu sagen. Tb war das Reizwort, der Auslöser. Sie seien unterwegs zu ihrem Mutterhaus, erklären ihm die beiden. Sie seien ein paar Tage in Stuttgart gewesen, um für den neuen Glockenturm ihrer Klosterkirche zu sammeln. Dann bekommt Lothar einen Joghurt gereicht, den er vor ihren Augen auslöffelt. Es ist selbstgemachter aus dem Kloster auf der Alb.

Er hat nur noch drei Stationen vor sich. Die Ältere ist Schwester Hedwig, die Jüngere heißt Schwester Pulcheria. Das seien angenommene Namen, sagen sie. Vorher hätten sie anders geheißen. Die Jüngere schaut ihn an und sagt, sie hätte früher

Petra Zecher geheißen. Lothar findet, dass sie mehr nach Petra als nach Pulcheria aussieht.

»Man wird ein anderer Mensch und nimmt einen anderen Namen an. Das bedeutet sehr viel«, sagt sie. »Man setzt ein Zeichen damit. Früher war es das falsche Leben, jetzt geht es langsam auf das richtige Leben zu, das aber erst nach dem Tode eintreten wird.«

Schwester Hedwig nickt. »Der Leib des Menschen ist das Grab, in dem die Seele auf ihre Befreiung wartet. Erst der Tod gibt ihr die wahre Freiheit.«

Das könnte auch Batman – Fabian spät abends zu ihm gesagt haben. Aber der Satz gefällt ihm nicht. Es ist ein Gruftie-Vampirsatz.

»Besuchen Sie doch unser Kloster«, sagt Schwester Hedwig. »Es ist gar nicht weit von Stürzingen. Die Kirche ist sehr schön und still. Sie können jederzeit hineingehen.«

»Wenn meine Ärzte es erlauben, werde ich einmal vorbeischauen«, sagt Lothar förmlich.

Er stellt sich vor, wie sie in ihren schweren schwarzen Gewändern in der Hitze tagelang mit Blechdosen durch die Stadt gegangen sind und Geld für den Glockenturm gesammelt haben. Mittags haben sie selbstgemachten Joghurt aus der Kühltasche und selbstgebackenes Brot gegessen.

»Wir hatten ja reichlich gefrühstückt«, hatte Schwester Pulcheria ergänzt.

»Ich möchte Ihnen auch eine kleine Spende machen«, sagt Lothar. Er wühlt sein Portemonnaie hervor und überreicht ihnen den Fünfziger. »Für den Glockenturm.«

Sie sehen geradezu entsetzt aus. Das könnten sie überhaupt nicht annehmen. So gut ginge es ihm ja sicher auch wieder nicht. Lothar deutet an, dass es ihm schon ziemlich gut ginge. Nach einigem Hin und Her geben sie ihm zwei Zwanziger heraus und bedanken sich noch einmal so überschwänglich, dass Lothar wieder rot wird.

»Wir werden für Ihre Genesung beten«, sagt Schwester Hedwig mit fester Stimme und Schwester Pulcheria drückt Lothar die Hand.

»Wir werden dafür beten, dass Ihr Leben eine neue Wendung nimmt zum Richtigeren«, sagt sie dann. Sie hat eine zarte, liebevolle Stimme, die ihn an die des Mädchens von Los Arcos erinnert. »Gott wird Ihnen helfen. Sie sind nicht allein. Daran müssen Sie jeden Tag denken.«

Der Zug wird langsamer. Das Schild STÜRZINGEN füllt für den Bruchteil einer Sekunde das Fenster. Auf dem Bahnsteig steht Tante Franzi in ihrer blauen Latzhose, ein Kopftuch über den Haaren. Lothar ist aufgestanden, wuchtet den Seesack über die Schulter, winkt den beiden kurz und hat sie vergessen, als er die Zugtür öffnet.

Vor dem verlassenen Bahnhof steht Tante Franzis roter Trecker. Der Lack ist rissig und an manchen Stellen abgeblättert. Auf dem Fahrersitz hockt ein Lehrlingsmädchen. Wie Tante Franzi trägt sie eine abgewetzte blaue Arbeitshose. Sie ist zierlich, höchstens einsfünfundsechzig, und hat einen dunklen Bubikopf mit einem Fransenpony, der lustig aussieht.

»Das ist mein Neffe Lothar«, sagt Tante Franzi. »Und das ist Martina Freese aus Leer in Norddeutschland.« Sie nehmen auf den Seitensitzen Platz und Martina wirft den Trecker an.

»Dort oben heißen sie fast alle Freese.« Einer von Tante Franzis Witzen. Lothar lacht kurz und höflich.

Tante Franzi fragt ihn, ob er schon gefrühstückt hätte, und Lothar sagt natürlich Nein. Dann erzählt sie ganz schnell, dass ihr Mähdrescher kaputt sei und für ein paar Tage zur Reparatur fort bliebe. Morgen könnten sie einen ausleihen, das sei aber furchbar peinlich, weil es von den Bauern schräg gegenüber sei. Zingler heißen sie. Es sind die einzigen Leute im Dorf, mit denen Tante Franzi nicht kann. Sie haben damals den Hof von Lothars Großeltern bei der Zwangsversteigerung erworben.

Für einen Apfel und ein Ei, wie Tante Franzi immer betont. Aber Jutta sei selbst dran schuld gewesen, dass es so weit gekommen sei.

Das Dorf liegt auf der oberen Hälfte der Anhöhe gegenüber dem Bahnhof. Unten im Tal fließt der Neckar. Das Dorf wird überragt vom Kirchturm, dessen zwiebelige Spitze mit glasierten grünen Ziegeln gedeckt ist. Tante Franzis Hof besteht aus sehr alten Gebäuden im ursprünglichen Ortskern. Man kommt erst am Wohnhaus vorbei. Daran schließt eine hohe Backsteinmauer an mit einer riesigen Toreinfahrt, die tagsüber immer offen steht.

Lothar freut sich wie ein Hund, der nach Hause kommt, als sie die Straße hochfahren. Hier gehört er hin. Immer wenn er hier war, war Sommer, waren Ferien, gab es frisch eingekochte Marmelade, Gemüse aus dem Garten und kuhwarme Milch. Über kuhwarme Milch kann man streiten. Aber hier in Tante Franzis aufgeräumten Esszimmer, in dem es immer ein bisschen muffig riecht, weil das Zimmer wirklich nur zum Essen genutzt wird, schmeckt selbst die. Alle Türen bei Tante Franzi sind nicht abgeschlossen. Das fällt ihm zuerst auf. Er rennt durch das Haus und schaut in jeden Raum hinein. Das Klavier ist noch verstimmter als im letzten Jahr. Lothar schlägt die gelblichen Tasten an und spielt ein paar Takte Flohwalzer. Alles steht noch so da wie beim letzten Mal. Nirgendwo ein neues Stück. Alles hat das ganze lange Jahre nur auf ihn gewartet. Vor den Fenstern duften die Hängegeranien.

»Ich bring den Sack schnell hoch in mein Zimmer«, sagt Lothar.

»Wo willst du hin?«, fragt Tante Franzi. Er steht schon auf der Treppe. »Wir haben uns gedacht, du schläfst diesmal unten.«

Lothar versteht nicht, was das soll. Und überhaupt, was heißt »wir«? Was hat Martina mit seinem Zimmer zu tun?

»Weil doch Martina ihr Zimmer oben hat.«

»Das andere«, sagt Lothar und versteht es immer noch nicht. »Mein Zimmer, das, das ich immer habe.«

»Das andere, sicher«, sagt Tante Franzi. »Ich weiß, welches du meinst. Aber du schläfst doch besser unten.«

Sie sehen sich einen Moment an. Plötzlich sieht Tante Franzi aus wie eine fremde ältere Frau in blauen Arbeitshosen, die darauf achtet, dass alles so läuft, wie es laufen soll. Sie traut ihm nicht mehr. Am liebsten würde Lothar alles hinwerfen und sich selbst dazu. Tante Franzi glaubt wohl, er würde Martina noch heute Nacht vergewaltigen. Er stößt einen von diesen verrückten Schreien aus und fuchtelt mit den Armen, wie in der Schule, wenn es plötzlich über ihn kommt. Irgendetwas in ihm zerreißt und tut weh.

»Scheißspiel«, schreit er.

»Dummer Kasper, reg dich nicht auf. Du bist schließlich zur Erholung gekommen«, sagt Tante Franzi. »Jetzt frühstücken wir erst mal.«

Sie streicht ihm über die Haare und er schämt sich sofort. »Ich hab euch Nusshörnchen mitgebracht«, sagt er.

»Komm, du dummes Kasperle«, sagt sie.

Er wird rot, ärgert sich darüber und wird noch röter. Martina ist zum Glück schon in die Küche gegangen.

»Alle glauben immer das Schlimmste von mir. Wenn es drei Möglichkeiten gibt, dann glaubt bei mir jeder an die schlimmste.«

»Aber ich doch nicht. Das weiß ich doch, daß du kein Lump bist, keiner, der Geld klaut und zur Fremdenlegion geht...« sagt Tante Franzi. Dann fügt sie schnell hinzu: »Du, ich hab Schattenmorellentorte für dich gemacht.«

»Doch, so was glaubst du schon von mir. Das ist ja das Traurige«, sagt Lothar und tut, als hätte er das mit der Torte überhört. Fremdenlegion, das wäre was für ihn. Aber wahrscheinlich würden die ihn nicht nehmen, weil er so dünn ist.

Tante Franzi scheint den gleichen Gedanken zu haben.

»Dass du immer noch so mager bist«, sagt sie. »Wo du doch den ganzen Tag lang futterst.« »Ich hab eben zu viel Stress«, sagt er.

»Wovon du Stress haben willst, das möchte ich wissen«, sagt Tante Franzi. Es klingt vorwurfsvoll. »Du bist einer von denen, die es gut haben. Du weißt noch gar nicht, was Sorgen sind. Werd erst mal erwachsen.«

Kein Witz. Sie meint es ernst. Lothar widerspricht ihr nicht. Soll sie nur denken, dass er es richtig gut hat bei ihrem Bruder Alban. Es hätte auch keinen Zweck, ihr irgendwelche wahren Erlebnisse mit Alban zu hinterbringen. Sie würde ihm nicht glauben. Tante Franzi hat eine unbeirrbar gute Meinung von Alban. Sie hält ihn für einen klugen, gebildeten Menschen. Bildung ist für Tante Franzi das Größte. Tante Franzi bewundert ihren jüngeren Bruder, der es so weit gebracht hat.

Dann sitzen sie alle im vorderen Wohnzimmer mit der Einrichtung aus den frühen Sechzigerjahren, als der Hof gut lief und sie fünfzig Kühe zu melken hatten. Wenn er das Ei und zwei Stücke Torte gegessen hat, wird er platzen, denkt Lothar. Es gibt noch ein hinteres Wohnzimmer, das Tante Franzi bei runden Geburtstagen benutzt. Darin steht das schwarze Klavier an der Wand, auf dem Lothar zum Spaß herumklimpert, wenn Tante Franzi draußen im Stall ist oder aufs Feld fährt.

»Wir müssen wieder raus«, sagt Tante Franzi und springt auf wie ein junges Mädchen. »Ruh dich noch ein bisschen aus. Martina fängt dann mit dem Mittagessen an. Ab morgen bist du auch dran.«

Schulden hat sie, deine Tante Franzi, nichts als Schulden. Das kannst du ihr sagen, wenn du bei ihr bist, hat Alban gesagt. Der Hof läuft nicht. Es wäre billiger, wenn sie ihn verkaufen würde. Sag ihr das ruhig, wenn du da bist.

Er ist schon eine Woche da. Die Zeit vergeht schneller als zu Hause in der Stadt. Drei Wochen sind nichts. Drei Wochen machen keinen gesünder. Drei Wochen sind zu wenig. Lothar denkt, dass er hier bleiben möchte. Tante Franzi könnte ihn als landwirtschaftlichen Lehrling ausbilden, oder als Hauswirtschaftslehrling. Dann könnte er monatelang bleiben, bis in den Winter hinein.

Sie stehen auf der Straße, Tante Franzi und er, vor dem Anwesen der Zinglers. Tante Franzi ist es unangenehm, sie möchte sofort wieder herüber auf ihren Bürgersteig, das ist ihr anzumerken. Sie stehen genau an der Bushaltestelle vor dem Tor der Zinglers. Der Bus kommt die Straße hoch. Er hält unten vor dem Bahnhof, und die nächste Haltestelle ist hier vor den beiden Häusern. So war das schon vor Jahrzehnten. An dieser Stelle sind Alban und Jutta vor siebzehn Jahren in den Bus gestiegen, als sie zu ihrer Hochzeitsreise aufgebrochen sind. Das Auto hatten sie sich erst hinterher geleistet.

»Ja, das ist es. Das Haus deiner Großmutter. Sie war stolz darauf, dass sie es selbst gebaut hat. Sie waren ganz einfache Leute. Sie hat immer erzählt, dass sie jeden Stein davon selbst in der Hand gehalten hat.«

Vor dieser Tür hat Lothar an der Hand seiner Oma gestanden, als er noch ganz klein war. Langsam hat sie aufgeschlossen und dann sind sie in den Hof gegangen, der von der Straße aus nicht einsehbar ist. Lothar erinnert sich, dass der Hof voller Kirschbäume stand, unter denen das Gras hoch war. In dem hohen Gras liefen Gänse, die drohend den Hals nach ihm ausstreckten und böse zischten. Lothar umklammerte die knochige Hand seiner Oma.

»Sind die Gänse noch da?«

»Welche Gänse?«, fragt Tante Franzi.

»Die drüben im Hof.«

»Da gibt es schon lange keine Gänse mehr.«

Dann gibt es die Kirschbäume vielleicht auch nicht mehr. Er muss dorthin und nachsehen, wie es jetzt ist.

»Monatelang bist du bei deiner Oma gewesen, damals als es

deiner Mutter so schlecht ging. Und hinterher warst du auch oft da, immer ein paar Wochen. Deine Mutter hatte Depressionen, sie konnte sich an das Leben in der Stadt nicht gewöhnen. Ihre Nerven sind nicht gut, alle Sengs hatten schlechte Nerven. Alban hat das gewusst, aber er wollte sie trotzdem unbedingt heiraten. Und mit Juttas Nerven ist es immer schlimmer geworden. Es war schon besser für dich, dass du hier auf dem Land warst. Meistens bin ich in die Stadt gefahren und hab dich abgeholt. Das war immer sehr lustig, wenn wir zusammen in der Bahn saßen. Ja, er hat es schon schwer gehabt mit deiner Mutter, der Alban. Und so viel Geduld, wie er mit ihr gehabt hat…«

Tante Franzi tut keinen Schritt auf das Hoftor zu. Und Lothar traut sich nicht, auf die Klingel zu drücken.

Der Bus hält mit einem Schnauben und verstummt dann. Alle Türen öffnen sich.

»Du hast auf der Fahrt immer drei bis vier Bananen verdrückt. Und ich hatte richtig Angst. Ich habe gedacht, es ist nicht normal, dass ein Kind so viel Bananen isst. Einmal hast du einen Kaugummi heruntergeschluckt. Es war so ein dicker amerikanischer, Bubble Gum oder wie das Zeug heißt, die gibt's heute gar nicht mehr. Ich war fix und fertig. Ich habe noch vom Bahnhof aus im Krankenhaus angerufen und gefragt, was ich machen soll.«

»Und?«

»Ach, nichts. Es ist völlig harmlos. Kaugummis lösen sich im Magensaft auf.«

Sie stehen da. Die Leute aus dem Bus haben sich in alle Richtungen zerstreut. Lothar starrt das Hoftor an. Es ist das einzige Hoftor auf der Welt, das zählt. Es ist sein Hoftor. Hinter dem Tor steht seine Oma am Fenster und wartet auf ihn. Sie steht da und begreift nicht, warum er nicht schon längst gekommen ist. ICH HAB WAS GUTES, LOTHAR. KOMM REIN, DU BEKOMMST ES.

»Lass es, Lotharle. Es bringt nichts Gutes, dort hineinzugehen.«

Sie müssen sehr arm gewesen sein, denkt Lothar. Oder irgendetwas anderes. Vielleicht waren sie sehr schlampert, irgendetwas, wofür sich Tante Franzi noch heute schämt.

»Du, Lotharle«, sagt Tante Franzi. Ihr Gesicht nimmt den besorgten Ausdruck von neulich an. »Du, versprich mir, dass du nicht zu den Zinglers hingehst.«

Zu den Zinglers will er ja gar nicht. Er will in das Haus. Er will an seinen Platz in der Küche. Da gab es diesen Küchentisch. Tante Franzi wird es nicht mehr wissen. Aber vielleicht liegen die Stoffpuppen noch da.

Sie sieht ihn an wie einen Kranken.

»Ich verspreche es dir«, sagt er wie ein Zweitklässler und gibt ihr die Hand.

Aber es scheint noch nicht genug zu sein.

»Du, Lothar«, sagt sie. »Versprich mir es ganz arg.«

»Klar«, sagt er und geniert sich, weil er jetzt schon weiß, dass er auf jeden Fall hinüberschleichen wird. Vielleicht noch heute Abend. Oder morgen. Und dabei klopft sein Herz ungestüm und schneller als je zuvor.

Es ist abends neun und immer noch nicht richtig dunkel. Er hat gesagt, dass er ein bisschen spazieren gehen will, durch die Wiesen unten am Bach. Die Luft riecht nach frisch gemähtem Heu, das noch auf den Wiesen herumliegt. Überall sind die Fenster der Häuser weit geöffnet, um nach der Hitze des Tages die kühlere Abendluft einzulassen.

Tante Franzi hat sofort gespürt, dass Lothar lügt. Nein, nicht lange, hat er hastig gesagt. Eine halbe Stunde ungefähr. Martina hat ihm einen fragenden Blick zugeworfen. Einen Augenblick lang hat er gefürchtet, sie wollte vielleicht mitgehen. Aber sie hat sich in den Fernsehsessel verrollt und ist in eine ihrer albernen Serien weggetaucht.

Lothar zittert am ganzen Körper. Tante Franzi wird herauskriegen, dass er hierher gegangen ist. Er hat ihr versprochen, er würde es nicht tun. Und da steht er jetzt und drückt die Klingel, damit er schnell drin ist und ihn niemand sieht.

Die Bäuerin hat Gummistiefel an, so als ob sie gerade aus dem Stall gekommen sei, und sie sieht ihn ärgerlich und erstaunt an. Wahrscheinlich ist sie gar nicht so alt, wie sie aussieht. Auf dem Land sehen die Menschen manchmal älter aus, als sie eigentlich sind.

»Guten Abend«, sagt er. Und fängt an zu erklären, er hätte nur einmal kurz hier hineinschauen wollen, weil doch seine Großmutter und seine Mutter früher hier gelebt hätten.

»Alle haben sie hier gelebt, die ganze Familie Seng. Bis alles aus war. Du bist der Lothar Liegle, Ottilies Enkel, ich weiß«, sagt die Bäuerin, und der Blick, der ihn trifft, ist ungefähr so, als ob Yassir Arafat zu Besuch gekommen sei, einfach so, oder Prinz Charles.

Manchmal hatten arme Leute geklingelt, Landstreicher, Zirkusleute. Sie waren auf der Schwelle stehen geblieben und hatten gewartet. Ottilie Seng hatte jedem von ihnen ein Brot geschmiert und eine Tasse heißen Kaffee ausgehändigt und ein Geldstück gegeben. Lothar sieht es wieder vor sich.

Jetzt tritt er wieder in den Hof hinein. Er ist gepflastert und an der einen Mauer steht eine Reihe großer Kirschbäume. Sie sind viel höher, als er sie in Erinnerung hat.

»Deine Großmutter war ein sehr unglücklicher Mensch,« sagt die Bäuerin. »Ich trag ihr nichts nach. Und es ist ja auch alles schlimm ausgegangen.«

Lothar steht in der kalten großen Küche. Früher war es hier immer warm, auch im Winter, wenn draußen Schnee lag. Jetzt friert Lothar, obwohl es draußen ganz warm ist. Der Hund liegt auf dem Boden und hat die Schnauze in seine Richtung erhoben, während sein Schwanz unruhig auf das Linoleum schlägt.

»Sie hat kein Glück im Leben gehabt. Aber sie war auch nicht der Mensch dafür. Manche haben eben überhaupt kein Glück, die können tun und lassen, was sie wollen, es geht immer falsch aus. So war das mit deiner Großmutter.«

Jedes Wort, das sie sagt, kommt irgendwo tief in seinem Innern an, an einer Stelle, wo es weh tut.

Er starrt das Blech mit dem Streuselkuchen an.

»Darf ich bitte ein Stück davon haben?«, fragt er und weiß selbst nicht, warum er so etwas Blödes fragt. Er hat überhaupt keinen Hunger.

»Ich hab den für meine Tochter gebacken, für morgen«, sagt die Bäuerin, und ihr Gesichtsausdruck wird noch mürrischer. Während sie es sagt, schneidet sie ein Stück für Lothar ab. Sie tut es widerwillig, es ist nur eine kleine Ecke. Sie nimmt auch keinen Teller aus dem Schrank. Sie gibt es ihm einfach in die Hand.

»Danke«, sagt Lothar und beißt sofort ein Stück davon ab.

»Setz dich halt, dahin.« Sie wischt mit dem Küchentuch über einen Stuhl und Lothar setzt sich hin, obwohl er am liebsten wieder fortgerannt wäre ohne eine Begründung und ohne sich zu verabschieden. Aber da sitzt er jetzt und hat das Gefühl, sie wird ihm etwas Geheimnisvolles, Schreckliches mitteilen, etwas, das sein Leben verändern wird.

Es ist der Tisch von damals, der alte. Eine Thermoskanne steht in der Mitte. Ein Büffet, wie man sie früher hatte, mit zwei Glasschränkchen an den Seiten und einem geschwungenen Tellerbord ist neben der Tür. Zwei von den alten Tassen mit dem dünnen blauen Linienmuster auf weißem Grund stehen hinter der Glasscheibe. HALLO, LOTHARLE, sagt das Büffet. SCHÖN, DASS DU GEKOMMEN BIST. Lothar schaut auf den Boden unter den Heizkörper, ob die Stoffpuppen noch da sind. Er kann sie nicht entdecken. Aber er weiß, dass sie irgendwo noch vorhanden sind.

»Die Zeit geht drüber weg«, sagt die Bäuerin. »Die Zeit heilt alle Wunden. Eines Tages ist es dann so, als wäre es nie gewesen. Und jetzt stehst du hier in der Küche deiner Großmutter und heißt Lothar. Schade, dass sie das nicht mehr erlebt hat. Sie hat dich großgezogen, hier in dieser Küche hat dein Kinderkörbchen gestanden. Sie war auch immer mal wieder in der Stadt bei euch zu Besuch. Sie hatte da ein eigenes Zimmer, sie war tagelang da. Aber sie verstand sich nicht mit deinem Vater. Sie hat nichts von ihm gehalten. Sie hatte einen richtigen Hass auf ihn. Sie hat nie etwas Gutes über ihn gesagt.«

»Das Büffet und der Tisch«, sagt Lothar. Seine Oberlippe zittert dabei.

»Das war alles so drin, als wir das Haus übernommen haben. Wir haben es erst mal so gelassen. Die Sachen waren noch gut, warum hätten wir sie fortgeben sollen? Wir hatten ein Recht darauf. Sie haben zum Haus gehört. Das Wohnzimmer ist auch noch das alte. Nur eine neue Couchgarnitur haben wir gekauft und einen echten Teppich. Irgendwann schmeiß ich hier alles raus, dann kommt eine richtige Einbauküche rein. Platz ist genug da. Der Kühlschrank da drüben ist auch noch der alte. Der brummt jetzt schon ziemlich laut. Ich glaube, der Thermostat ist bald hinüber.«

»Was ist mit Elfriede?«, fragt Lothar.

»Die Elfriede hat sich ein großes Haus da unten nach dem Bahnhof zu gebaut. Ein paar Jahre hat sie gebraucht, bis sie über alles weg war. Dann hat sie einen geheiratet, einen aus der Stadt. Ich glaube, sie hat zwei Kinder. Ich seh sie nicht oft. Zu mir kommt sie nicht. Als ob wir an irgendetwas schuld wären.«

Und der Mann auf der Vespa? Wo ist der hin? Wie hieß er überhaupt? Die Elfriede war mit ihm befreundet. Lothar öffnet den Mund und schafft die Frage nicht.

Sie sieht ihn eine Zeit lang schweigend an.

»Mich wundert nur, dass du jetzt so dünn bist. Damals bei deiner Großmutter warst du ein dickes Kind.«

Lothar überlegt, ob er sie noch nach Elfriedes Adresse fragen soll, aber er lässt es. Er weiß, dass er es nicht aushält, zu Elfriede zu gehen. Er würde nicht einmal bei ihr stehen bleiben, wenn er ihr auf der Straße begegnen würde. Elfriede weiß alles. Elfriede könnte ihm alles sagen. Aber er wird niemals zu ihr hingehen. Vielleicht weiß sie längst, dass er bei Tante Franzi ist, und wartet auf seinen Besuch. Er möchte lieber nicht wissen, wo Elfriedes Haus steht.

Die Bäuerin ruft ihm hinterher: »Dass du aber auch Lothar heißt, ausgerechnet Lothar. Das hätte sie nicht tun sollen, deine Mutter. Wo er doch ein Verbrecher gewesen ist, der!«

Die Tür schlägt hinter ihm zu. Er kann nichts mehr fragen. Er denkt, dass er sich schütteln muss, wie ein Hund, der triefend aus dem Bach kommt. Er denkt, dass es schlimmer nicht hätte kommen können. Aber er ist selbst dran schuld, Tante Franzi hat ihn ja gewarnt. Verbrecher sind sie irgendwie alle gewesen, die Sengs, die dort einmal gelebt haben. Verbrecher. Und so schlimm ist es gewesen, dass es keiner genau erzählen will.

»Das Wetter schlägt um«, sagt Tante Franzi nur, als er sich im Flur an ihr vorbeidrücken will. »Ich merke das immer an meinem kaputten Knie. Ehe das Wetter umschlägt, ist es plötzlich ganz schlimm. Wirst sehen, Lothar, morgen regnet es.«

Er ist wach geworden vom Wind, der die Gardine flattern lässt. Das Zimmer ist in bläuliches Licht getaucht. Lothar richtet sich halb auf. Jemand zieht sich die Brüstung hoch und setzt sich auf die Fensterbank. Es ist die indische Tempeltänzerin. Sie winkt ihm zu. Hinter ihr taucht ein weiterer Kopf auf.

›Hallo, Lügenface‹, sagt Fabian. ›Draußen regnet es. Ich komm lieber rein.‹ Er setzt sich neben die Holzfigur, die ihn betörend anlächelt, zieht die Worker-Boots aus und wirft sie ins Zimmer hinein.

›Ohne dich habe ich es nicht mehr ausgehalten‹, sagt die Tänzerin halblaut mit einer dunklen, sanften Stimme und fremdländischem Akzent. ›Lothar, ich hatte Sehnsucht nach dir.‹ Sie streckt die Arme nach ihm aus, hüpft von der Fensterbank herunter und schwebt mit ausgebreiteten Armen auf ihn zu. ›Ich habe das rote Bähnchen genommen und dann habe ich nach dem Weg gefragt, bis ich dem hier begegnet bin. Der wollte auch zu dir.‹

Sie hat wirklich »Bähnchen« gesagt. Aus ihrem Mund klingt es eigenartig kindlich.

Fabian steht jetzt mit verschränkten Armen neben dem Fenster und findet alles gut.

›Komm du auch her‹, sagt Lothar.

›Ich will gleich wieder weiter‹, sagt Fabian. ›Ich bin unterwegs. Ich hab noch eine ziemliche Strecke vor mir.‹

›Wo gehst du hin?‹, fragt Lothar. Dabei ist ihm traurig zumute. Ohne Fabian macht nichts mehr Spaß. Tagsüber spürt er nichts, tagsüber vermisst er Fabian längst nicht mehr. Aber jetzt ist es ein starker Schmerz. ›Ich könnte mitkommen.‹

Fabian lächelt ein fremdes Lächeln, das Lothar noch nie an ihm gesehen hat. Er macht eine abwehrende Bewegung. Die Tänzerin setzt sich auf die Bettkante und streichelt Lothar. Ihre Hand und ihr Gewand sind nass und kalt. Sie beugt sich über Lothars Gesicht und küsst ihn auf den Mund. Lothar versucht an ihr vorbeizusehen nach Fabian. Aber Fabian ist verschwunden, als sei er nie da gewesen.

Es ist sein letzter Abend bei Tante Franzi. Tante Franzi hat sich schon ins Bett gelegt.

Sie sitzen im Wohnzimmer auf dem Sofa unter dem Bild mit der kitschigen Madonna auf der Wolke, unter der zwei kleine Engel hervorgucken, Lothar und Martina Freese. Sie trinken Bier, obwohl Tante Franzi es ausdrücklich verboten hat.

Martina erzählt Ostfriesenwitze. In Martinas tragbarer Stereoanlage läuft eine Kassette mit Greenday.

Lothar ist so aufgedreht, dass er ihr die Geschichte von der Sumpfschildkröte erzählt. Natürlich glaubt sie sie nicht.

»Die naturkundliche Gesellschaft hat ein Gutachten erstellen lassen. Daraus geht eindeutig hervor, dass die Schildkröte durch einen unterirdischen Kanal aus dem Pazifischen Ozean herübergeschwommen ist. Es gibt diese Kanäle. Sie verlaufen unter der Alb und einer davon mündet im Bürgersee.« Lothar sagt das alles schnell und sachlich, so wie er sich einen Zoodirektor beim Vortrag vorstellt.

Martina Freese lacht los und sagt in ihrem strengen Norddeutsch: »Ich glaub dir kein Wort, aber du könntest im Zirkus auftreten. Clown Lothar.«

Lothar sieht einen kleinen roten Clown vor sich, der einen Ball auf der Nase balanciert.

4. Novemberhochwasser

Alban tut alles, damit es in der Wohnung gut aussieht. Zuletzt hat er Holzdecken eingezogen und das Bad neu gekachelt und gefliest. Als er jung war, hatte er eigentlich Innenarchitekt werden wollen. Er hat eine Begabung dafür. Ein Gefühl dafür, wo man die alten Stiche hinhängen, wie man die Bauernkommode stellen muss, wo noch ein Spiegel hingehört. Das versteht nicht jeder, dafür braucht man ein Gespür. Lothar zum Beispiel, der hat nichts dergleichen, höchstens das Zeichentalent, aber ansonsten zwei linke Hände. Und mit Jutta ist es ähnlich. Die hatte nie einen Blick für Wohnungseinrichtung. Das liegt daran, dass sie zu Hause auf der Alb ohne »Wohnkultur« aufgewachsen ist, so erklärt es Alban jedenfalls. Und er, Lothar, hat es wohl von ihr. Wenn Alban Zeit hat, geht er in den Keller und laugt antike Möbel ab, die er bei den Bauern in den Dörfern drüben auf der Alb gekauft hat.

Wenigstens räumt Jutta immer auf, oder sagen wir mal,

meistens. Lothar macht auch ziemlich viel. Es sieht ja keiner, tröstet er sich, wenn er wischt und schrubbt. Coole Typen tun so etwas nicht, klar. Aber Jutta wird irgendwie mit dem Haushalt nicht fertig. Sie sitzt viel auf dem Sofa und weint vor sich hin, oder sie strickt Pullover für Lothar, auch Socken für den Winter, aber den Haushalt packt sie einfach nicht. Die Nirostaspüle würde immer klebrig aussehen, wenn Lothar sich ihrer nicht annähme. Es kommt hinzu, dass Jutta ziemlich oft kränkelt und im Bett liegt. Erkältungen und Gallenanfälle. Ihr Kreislauf ist auch schwach. Im Sommer kommt es vor, dass ihr einfach schlecht wird, einer der Gründe, weshalb Lothar sich immer flau und mies fühlt, wenn das Wetter so richtig strahlend schön ist und er mit dem Fahrrad zum Schwimmbad fährt. Immer wenn er sich gut fühlt, weil er weit weg von zu Hause ist, fühlt Jutta sich schlecht.

Na ja, jedenfalls sind sie doch alle ziemlich normal, Alban, Jutta und er. Sonntags gibt's Schweinsbraten, Alban steht dann selbst in der Küche und schabt mit dem Messer die Spätzle über das Holzbrett. Also müssen sie doch ziemlich normal sein, die Liegles. Oder?

Lothar möchte schreien. Er ist allein in der Wohnung. Steht in »Tante Franzis Zimmer«, also dem immer unaufgeräumten Zimmer, das von Tante Franzi höchstens einmal im Jahr zwei oder drei Tage lang bewohnt wird. Er hat den Boden geschrubbt, Staub gewischt und etwas aufgeräumt. Und im Sekretär hinter den Kontoauszügen, zugegeben, hat er etwas geschnüffelt, alte Fotos gesucht, die da herumliegen, von Jutta, als sie ein junges Mädchen war, von Alban mit seiner Vespa. Es muss eine Zeit gegeben haben, in der alle jungen Männer eine Vespa hatten. Dabei ist ihm der Zeitungsausschnitt in die Hände gefallen. Eigentlich sind es zwei verschiedene. *Rentnerin vermisst*, das ist der erste, vom 2. November vor dreizehn Jahren, mit dem Bild seiner Oma. Ottilie S. habe spät abends ihre Wohnung verlassen und sei seitdem nicht wieder aufgetaucht. Lothar zittert am ganzen Körper und muss sich auf den Laminatboden setzen. Der zweite Zeitungsausschnitt, wieder mit Bild, stammt vom 7. November. Man habe Ottilie S. gefunden, ihre Leiche lag in einem Hochwasserwehr eingeklemmt zwischen Ästen und entwurzelten Sträuchern.

Lothar möchte widersprechen. Was da steht, Schwarz auf weiß, ist Unsinn, er weiß genau, dass es nicht wahr ist, etwas Erfundenes, etwas Erlogenes. SEINE OMA IST NÄMLICH IM KRANKENHAUS GESTORBEN WIE ANDERE GROSSMÜTTER AUCH, IN EINEM WEISS BEZOGENEN BETT, BLUMEN UND EINE TAFEL SCHOKOLADE AUF DEM NACHTTISCH; AN DEN FOLGEN EINES HERZINFARKTS. So war es, so hat man es ihm erzählt. Alban hat ihm davon berichtet. Und Jutta auch: »Deine Oma hatte ein schwaches Herz.«

Der Zeitungsbericht ist fast bröselig, eines Tages wird er sich in holzfarbene Krümel aufgelöst haben. Lothar erkennt das Foto, als er länger hinsieht. Es muss ein vergrößerter Ausschnitt aus dem Hochzeitsfoto seiner Eltern sein, dem Gruppenbild. Oma in ihrem schwarzen Kleid sitzt in der ersten Reihe und sieht nicht alt aus mit ihren Augen in den dunkel verschatteten Höhlen, Augen von einer Farbe wie nasse Schieferziegel, sondern jung und traurig, als wüsste sie schon alles im voraus. Ihre ungeschickten bäuerlichen Hände hat sie im Schoß gefaltet wie jemand, der ja doch nichts mehr tun kann. Damals schon hat sie Alban gehasst. An das Wort »Hass« erinnert sich Lothar. Irgendwer hat es gesagt, vielleicht Tante Franzi oder eine von ihren erwachsenen Töchtern bei einem runden Geburtstag, er weiß es nicht mehr.

Immer wieder betrachtet er den Zeitungsartikel – er kann nicht mehr aufstehen und will nie mehr fortgehen. Dann beginnt er in einem alten Fotoalbum zu blättern. Sein Blick fällt auf ein Foto auf einer Seite mit anderen Babybildern: Baby

Lothar wird von seiner Oma gefüttert. Auf dem Tischrand steht ein Suppenteller mit Brei, es ist in der guten Stube im Haus auf der Alb, da wo jetzt die Zinglers wohnen.

Mit einer ungeschickten Bewegung hält Oma den zu großen Löffel, einen Erwachsenensuppenlöffel, und füttert ihn wie eine Frau, die lange kein Baby mehr gefüttert hat.

Lothar hält es nicht mehr aus, das Foto anzusehen. Aber er kann auch nicht wegsehen. Er schließt die Augen, doch das Bild ist immer noch da.

Das Fahrrad war silber-blau. Der Elfriede ihr Fahrrad. Die Elfriede war das Nachbarmädchen damals auf der Alb. Er weiß es wieder. Er sieht es vor sich mit jeder Einzelheit, das Glitzerfahrrad. Die ganze Szene. Sie waren im Bauernhaus auf der Alb. Oma war nicht da. Im Flur an der Decke hing der Adventskranz und an der Wand lehnten große Adventskränze mit Schleifen. Die gefielen ihm noch besser als der kleine mit den roten Bändern und den roten Kerzen. Sie waren mindestens dreimal so groß. Große weiße Bänder hingen an ihnen, und auf den Bändern standen Buchstaben, Schwarz auf Weiß. Er und Elfriede waren allein. Erst hatte Elfriede ihn auf den Fahrradsattel gesetzt und durch den Flur geschoben. Man konnte nämlich nicht raus in den Hof, weil es schon den ganzen Tag geregnet hatte. Seit Tagen war Regen gefallen, seit Wochen, und der Neckar hatte Hochwasser, Novemberhochwasser. Und dann hatten sie sich beide nebeneinander auf die unterste Treppenstufe gesetzt, Elfriede hatte den Arm um ihn gelegt und sie hatten gesungen: *Ganz in Weiß mit einem Blumenstrauß* und *Die Tiroler sind lustig, die Tiroler sind froh.*

Es ist dunkel geworden. Er sitzt immer noch da. Er ist ganz leer. Lothar nimmt den Zeitungsausschnitt und steckt ihn wieder zurück. Dann steht er schwerfällig auf. Sein rechter Fuß ist eingeschlafen. Es juckt ihn in der Nase und an den Augenrändern. Wenn er dran reibt, brennt es noch mehr. Er muss sich dreimal hintereinander die Nase putzen. Lothar geht in die Küche und holt den Staubsauger, der nicht mehr ganz richtig funktioniert. Lothar saugt wie ein Verrückter, die ganze Wohnung, den Teppichboden und am heftigsten in Tante Franzis Zimmer, bis alle Krümel, jeder Staub verschwunden sind. Er saugt über den geschrubbten Laminatboden und kann nicht mehr aufhören. Er drückt erst auf den Aus-Knopf, als Alban seinen Kopf zur Tür hereinstreckt und fragt, ob er total übergeschnappt sei.

5. Martina blickt durch

Es ist heiß, die Sonne brennt durch das Laub der Bäume. Sie sind alle ziemlich still, während sie den Weg zur Burg Teck hochstiefeln.

Martina trägt Schnürsandaletten und abgeschnittene, ausgefranste Jeans, darüber ein T-Shirt.

»Ich verstehe einfach nicht, warum ihr bei dem Wetter diese schweren Stiefel tragt«, sagt sie zu Vanessa.

»Ist eben cool«, sagt Vanessa.

»Cool bei fünfunddreißig Grad im Schatten«, sagt Martina.

»Girlies tragen Stiefel mit profilierten Sohlen, damit sie nicht gleich umkippen wie seinerzeit Barbie auf ihren rosa Stöckelschuhen«, erklärt Vanessa altklug.

»Das hat was, so habe ich es noch nie gesehen, Vanessa«, sagt Martina. »Schaut mal hoch. Eichelhäher.«

Der Weg wird immer steiler und steiniger, je näher sie der Burg kommen. Unten liegt die Stadt, ein geschlossenes Rund von Häusern, in leichtem Dunst. Und Alban ist noch weiter weg. Er ist auf Dienstreise für die ganze Woche. Das Leben ist

Kubatorten-Nusshörnchen-gut. Lothar geht neben Martina. Sollen sie nur alle über ihn lästern. Vanessa bleibt bei ihnen. Sie gehören zusammen.

Drüben über der Hahnweide gleitet ein Segelflieger lautlos durch den Himmel. Am Wochenende ist der ganze Himmel voll mit ihnen, aber an einem Werktag wie heute hält es sich in Grenzen.

»Ihr geht zu schnell für mich. Ich ruh mich ein bisschen aus«, ruft Vanessa. Sie setzt sich an den Wegrand und zieht erst mal die Worker-Boots von den Füßen.

»Ich schätze mal, Sie mögen mich nicht besonders«, fängt Lothar an, während er neben Martina weitergeht.

»Wie kommst du denn auf so was?«

»Manche nennen mich Lügengesicht«, sagt er und findet den frechen Ton, in dem er daherredet, schon sehr cool.

»Ich kenne dich doch schon so lange. Mir gefallen deine Lügen.«

»Es sind keine Lügen«, sagt er und streift ganz sachte ihre Hand mit seiner.

Sie sieht ihn nachsichtig und lässig an. Seine Hand ist schon wieder weg.

»Ich bin fast kriminell«, sagt er.

Martina lacht laut los. »Du bist was?«

»Sagt mein Vater immer.«

»Wenn sie alle so wären wie du«, sagt sie. »Du machst doch ziemlich wenig Quatsch. Ich gebe dir mein Wort als Klassenlehrerin: Ohne Leute wie dich würde mir mein Job keinen Spaß machen. Auf dich ist Verlass. Mit dir lässt sich arbeiten.«

Sie hat gesagt, sie findet ihn überhaupt nicht kriminell. Wahrscheinlich will sie ihm eine Eins in Aufmerksamkeit, Fleiß und Betragen geben ...

»Keiner hört mir so zu wie du, wenn ich rede«, sagt Martina, und das ist sogar wahr. Sie sind jetzt oben angekommen. Ein Teil der Klasse stürzt ins Gasthaus auf der Burg. Lothar und

Martina gehen durch den schattigen Hof und setzen sich auf die Mauer.

Er wird es ihr erzählen, nur so als Story. Er wird sagen, er hätte einen Freund, dem es passiert ist. Sie würde ihn nicht kennen, einen namens Peter. Und dem sei es passiert. Dem sei die Geschichte passiert mit dem alten Schrank, in dem er gestöbert hatte. Und dann wird er noch sagen, dass er es nicht glaubt. Dieser Peter, das ist das Blöde dabei, er erzählt und erzählt, und dann ist absolut nichts dran.

»Mein Freund Peter erzählt immer saublöde Geschichten. Und wissen Sie, wenn er fertig ist, weiß man nicht, ob sie überhaupt stimmen. Manchmal ist absolut nichts Wahres dran. Eine davon war ganz hart...«

Marina trinkt Fanta aus der Flasche und beißt zwischendurch von ihrem Brot ab. Lothar erzählt ziemlich flüssig Peters Geschichte vom Tod seiner Großmutter. Er schwitzt stark dabei. Auch als Peters Geschichte ist es anstrengend.

Dann schweigt er und wagt nicht, Martina anzusehen. Sie sitzen dicht nebeneinander auf der Mauer. Ein Stück weiter drüben albern Vanessa und Mirko miteinander herum. Vanessa ist barfuß, sie hat die Stiefel auf ihrem Rucksack festgebunden. Berthold wirft Papierflieger die Brüstung herunter. Der Wind treibt sie erst aufwärts und lässt sie dann im Sturzflug in die Ebene trudeln.

»Ganz schön heavy«, sagt Martina. »Sag mal, und du, du erzählst das einfach so. Ist das wirklich nur ein Gag für dich? Geht es dir überhaupt nicht unter die Haut?«

Er zuckt die Achseln.

»Ich kann dieses Wort ›cool‹ schon überhaupt nicht mehr hören. Irgendwo müsst ihr doch hin mit euren Gefühlen, und wenn's noch so cool ist, cool zu bleiben.« Martina regt sich sichtlich auf.

»Ich habe ein Gedicht darüber geschrieben«, sagt Lothar, als sei damit alles gesagt. Und so ist es ja auch.

»Dein Freund Peter hat dir das nur deshalb erzählt, weil er nicht damit fertig wird. Das geht ja wohl aus jedem Satz hervor, den er gesagt hat. Ein Typ in deinem Alter, der das erzählt – der hat nicht gelogen oder sich eine Story ausgedacht.«

»Da wär ich mal nicht so sicher«, sagt Lothar.

»Geht dein Partner auch bei uns auf die Schule?«

»Der besucht die Hauptschule, er ist Legastheniker, insgesamt ein ziemlich ausgeflippter Typ.« Lothar überlegt, wie er Peter beschreiben soll. »Er ist ein lieber Kerl, aber er rempelt alte Damen auf der Straße an. Die glauben dann, er will ihnen die Handtasche wegnehmen, und fangen an zu schreien. Dabei hat er sie nur leicht angerempelt. Wenn man mit ihm durch die Stadt geht, ist es irre.«

»Irgendwo ist das Leben«, sagt Martina, »das wirkliche Leben. Da kommen die Lügen und die Gedichte und die geilen Storys nicht mehr mit.«

»Mein Gedicht ist aber echt gut«, sagt Lothar.

»Was hab ich davon?«

»Ich bringe es Ihnen mit. Sie können es lesen. Ehrlich gesagt, manchmal klaut Peter wirklich Handtaschen. Ich sage es nur zu Ihnen, er ist wirklich kriminell. Ich habe ein paar Tage an dem Gedicht herumgemacht. Es war Knochenarbeit, aber jetzt sitzt jedes Wort.«

»Nun hör doch mal auf mit dem Gedicht. Diesen Peter, den würde ich gerne kennen lernen. Er tut mir leid, er tut mir unheimlich leid.« Martina hat sich sehr in die Sache hineingesteigert. Lothar hat schon wieder das Gefühl, dass er eine kleine Lawine losgetreten hat, die sich in die falsche Richtung bewegt.

»Ich kann ihn natürlich mal mitbringen. Aber er ist ein Typ, der Ihnen nicht gefallen wird. Er sagt gemeine Wörter und bewegt sich in der Kiffer- und Ecstasy-Szene. Ich denk mal, es wäre nicht gut, wenn ich ihn in die Schule mitbringe.«

Sie wägt die Sache ab. Lothar weiß, dass sie sich überlegt,

was Big Jensen dazu sagen könnte. Big Jensen betont bei jeder Gelegenheit, dass die Schule absolut drogenfrei sei.

»Dann bring ihn zu mir und Jan-Jakob«, schlägt Martina vor. »Sonntagabend grillen wir unten im Hof mit noch ein paar netten Leuten aus dem Haus. Kommt doch einfach mal vorbei.«

Lothar ärgert sich einen Moment lang, dass sie nicht mehr nach dem Gedicht fragt.

»Ja und dann, warum lässt du mich nicht einmal deine Gedichte lesen? Die zehn schönsten Lothar-Gedichte?«

Sofort geht es ihm wieder gut.

»Ich hab mindestens fünfzehn, die ziemlich toll sind«, sagt er schnell.

Sie sieht ihn an wie jemand, der genervt ist. »Also diesen Peter, den möchte ich kennen lernen. Bring ihn unbedingt mit.«

»Ich werd's ihm sagen. Aber er raucht und dreht sich einen Joint ohne jede Rücksicht auf Sie und Jan-Jakob ... also, ich habe Sie gewarnt.«

6. »Die mich liebte ...«

Ein nettes kleines Gedicht des großen Johann Wolfgang von und das traurige von Hesse. *Wie Blüten fallen Blätter vom Baum der Traurigkeit* hat er unter seine eigenen gemixt. Und dann fällt ihm noch etwas ein. »Dem Andenken meiner Großmutter Ottilie S. gewidmet« schreibt er über das von Hesse. Das findet er fast frech, auf alle Fälle aber ziemlich raffiniert.

Es ist Sonntagabend. Er hat den Kampfanzug an und die Stiefel.

»Du bleibst hier«, schreit Alban, als er im Flur steht.

»Warum?«

»Weil dein Vater es sagt.«

Lothar geht in sein Zimmer zurück. Er hat sowieso noch zu tun. Die Haare sind frisch gewaschen. Heute findet er sich ziemlich gut.

Er denkt lange nach, welchem Autor er sein schönstes Gedicht zuschreiben soll: DIE MICH LIEBTE. Hermann Hesse – das könnte hinkommen. Martina soll es lesen. Am liebsten wäre es ihm, wenn sie dabei weinen müsste. Wenn sie weiß, dass es sein Gedicht ist, wird sie nicht weinen. Im Gegenteil, es wird ihr komisch vorkommen. Er überlegt. Die traurigsten Gedichte, die er kennt, sind von Paul Celan. Also tippt er »Paul Celan«. Das ist nicht mehr frech, das ist unverschämt, und er weiß es. Aber es muss sein. Er macht ein Sternchen hinter die Überschrift und schreibt von Hand unten auf die Seite: »Habe ich beigelegt, obwohl es nicht von mir ist, weil ich es so schön finde.«

Zum Schluss packt er alles in eine braune Versandtüte, schreibt drauf: »Frau Martina Reinke«, und klebt die Tüte zu. Keinen Begleitbrief, keine Erklärungen, sie wird sich schon durchfinden, hofft er, und hinterher etwas zu ihm sagen.

Alban sitzt jetzt vor dem Fernseher und wartet auf »Heute«. Lothar drückt die Klinke und sprintet los.

»Scheißkerl!«

Alban ist ziemlich schnell. Lothar drückt die Tüte fester an sich, reißt die Wohnungstür auf und setzt durchs Treppenhaus. Unten ist nicht abgeschlossen. Lothar rennt um sein Leben.

»Das wirst du büßen!«, schreit Alban keuchend. »Ich krieg dich, du Schwein!«

Lothar rennt die Straße entlang, überquert die Hauptstraße und schlägt einen Haken über den Supermarktparkplatz, der jetzt völlig leer ist. Ohne die Tüte wäre er bedeutend schneller. Die Tüte mit den Gedichten hemmt sein Laufen. Alban ist dicht hinter ihm. Sein Jähzorn scheint sich noch gesteigert zu haben und Lothar hat so große Angst wie noch nie, dass Alban ihn umbringen wird, sobald er ihn hat. Lothar kann fast nicht mehr. Sein Ziel ist das Parkhaus vor ihm. Wenn er es bis ins Parkhaus geschafft hat, ist er sicher. Alban kommt jetzt näher. Lothar rüttelt an der Eisentür. Sie gibt nach. Er springt hinein und schlägt sie heftig zu. Dicht hinter ihm schreit Alban auf wie einer, der umgebracht wird. Lothar hat Albans Hand eingeklemmt. Lothar hastet den engen Fußgängersteg hoch bis dahin, wo die Toiletten sind. Einen Moment lang überlegt er, ob er sich einschließen soll, dann geht er einfach weiter. Alban ist ihm nicht gefolgt. Der hat jetzt mit seiner Hand genug zu tun. Am Parkhausausgang, der direkt in die Fußgängerzone der Altstadt führt, sieht er sich um. Alban ist auch hier nicht zu sehen. Lothar schlendert ganz gemächlich zur Ochsengasse 3. Er ist nicht ruhig, er ist nur langsam. Er weiß auch, dass die Situation für ihn ziemlich übel ist. Wenn er heute Nacht nach Hause kommt, wird etwas Furchtbares passieren. So etwas wie heute hat Lothar noch nie getan. Alban hat sich durch seine Schuld verletzt. Und dafür wird Alban sich etwas einfallen lassen. Lothar weiß nicht, was es sein wird.

Schon am Eingang zum Hinterhof hört er Stimmengewirr und riecht den Grill und die Grillwürstchen. Lampions sind quer über den Hof an eine Wäscheleine geklemmt. Lothar tritt kurz in den Hauseingang und wirft seine Tüte mit den Gedichten behutsam in den Briefkasten REINKE / VOGT.

»Du bist ein Idiot. Hast geglaubt, du wärst klüger als dein Vater. Ich finde dich überall. Mir entkommst du nicht, du Verbrecher.«

Lothar dreht sich ganz langsam um und sieht Albans blutunterlaufene Augen.

Er schreit auf, wie er noch niemals geschrien hat. Er schreit um sein Leben.

»Hör auf! Bring mich nicht um! Ich will leben!«

Hinter Alban steht Batman mit den traurigen Fabianaugen.

Er streckt die Hände nach Albans Hals aus. Lothar zittert und weint. Er weint vor Dankbarkeit, dass Fabian ihm beisteht.

»Ich tu überhaupt nichts«, sagt Alban mit kühler, sachlicher Stimme. Von einer Sekunde auf die andere sieht er wieder völlig normal aus. Lothar weiß, dass es nur gespielt ist.

»Lassen Sie den Jungen in Ruhe«, schreit Jan-Jakob. Neben ihm stehen mindestens zehn Leute, die er von der Grill-Party mitgebracht hat. Sie sehen aus, als wollten sie ein Verbrechen verhindern. Fabian steht vor ihnen, als sei er der, der sie hierher geführt hat.

»Ich bin sein Vater«, sagt Alban.

»Der bringt mich um«, schreit Lothar. Er ist außer sich vor Angst, er zittert am ganzen Körper. »Der hat mich schon mal fast umgebracht, damals in Spanien.« Zum ersten Mal in seinen Leben denkt er: Er ist nicht mein Vater. Er ist Alban Liegle, aber er ist nicht mein Vater.

»Der lügt, wo er geht und steht. Das ist sein größtes Problem. Ich mache mir furchtbare Sorgen um ihn«, sagt Alban mit der kalten, professionellen Vaterstimme. »Wenn er den Mund aufmacht, lügt er auch schon.«

»Der Mann ist ein Schwein«, schreit Lothar mit sich überschlagender Stimme. »Der glaubt, er darf alles.«

Jan-Jakob hat ihn in den Arm genommen. Er hält ihn fest und streichelt ihn.

»Wir hatten Ihren Sohn zum Grill-Abend eingeladen«, sagt er.

»Bitte«, sagt Alban, es klingt jovial. »Viel Spaß mit meinem Sohn. Aber um elf spätestens bist du wieder zu Hause, Lothar. Morgen früh ist die erste Stunde Mathematik, das ist dir ja bekannt. Montagmorgens fällt das Aufstehen immer am schwersten.«

Er winkt noch kurz und freundlich im Weggehen.

Jan-Jakob schaut Lothar an wie einen, dem nicht ganz zu trauen ist.

Martina hat eine Grillschürze um. »Vielleicht hat er sich über deinen Freund Peter aufgeregt. Der ist ja wirklich an der Grenze zum Kriminellen. Was war denn überhaupt los?«

»Peter war gar nicht dabei«, sagt Lothar. »Der wollte nicht. Vielleicht kommt er noch. Aber ich denke, eher nicht.« Wirklich nicht. Peter wird sich sehr hüten, hier den Affen für Martina und Jan-Jakob zu machen. Erst regt sie sich auf, weil er ihr leid tut. Und zwei Tage später hat sie dann doch ihr Urteil gefällt: an der Grenze zum Kriminellen. Lothar zittert noch immer, die Sache mit Alban ist noch nicht ausgestanden, er weiß es. Aber das mit Martina und Peter gefällt ihm auch nicht. Er braucht nur das Ding mit Albans eingeklemmter Hand zu erzählen, dann werfen sie ihn hier raus. Im Hof unter dem alten Kastanienbaum sind Gartenstühle aufgestellt. Der Grill ist vor der Hofmauer aufgebaut. Ein paar knusprige Rotwürste brutzeln vor sich hin.

»Komm, iss was, Lothar. Hol dir einen Teller und Besteck«, sagt Martina, ganz die muntere Gastgeberin.

Lothar schüttelt den Kopf und schenkt sich eine Cola ein. Ihm ist hundeelend. Er trinkt hastig und stellt nach ein paar Schlucken fest, dass wenigstens das Händezittern nachlässt.

»Ist dein Vater oft so?«, fragt Martina.

Sie hat doch den Brief gelesen, damals vor einem Jahr, vor Spanien. Warum fragt sie dann?

»Es ist die absolute Ausnahme. Eigentlich ist er ein toller Typ. Er verkauft antike Schränke an Leute, die es sich leisten können. Er versteht unheimlich viel davon.« Lothar führt aus, was alles so toll an Alban ist. Während er es erzählt, glaubt er es selbst. »Na ja, Jutta ist ja andauernd unterwegs. Da muss er schließlich auch was tun.«

Martina nimmt alles, was er sagt, zur Kenntnis, mit unbewegtem Gesicht. Lothar möchte am liebsten fragen, was sie denkt. Aber natürlich fragt er das nicht. Er benimmt sich ziemlich gut.

Was, wenn sie den Brief nicht gelesen hat, wenn er immer

noch verschlossen irgendwo bei ihr im Wohnzimmer herumliegt? Er könnte fragen, dann müsste sie antworten. Lothar schafft es nicht, zu fragen. Es ist, weil Jan-Jakob neben ihm steht, braun gebrannt, blond und lässig. Lothar ärgert sich darüber, dass er nicht mal weggeht. Und außerdem hat er keine Kraft mehr nach der Sache mit Alban. Es gelingt ihm nicht einmal, irgendwelche Witze zu machen. Er sagt nur mittelgute und langweilige Sachen, Tante-Franzi-Witze sozusagen, gut, dass keiner aus der Klasse dabei ist.

»Es ist zehn vor elf«, sagt Martina mit ihrer sanftesten Stimme.

»Ja«, sagt er.

»Du musst nach Hause. Möchtest du, dass Jan-Jakob und ich mitgehen?«

»Ich bin sechzehn«, sagt er. »Mit meinem Vater, wenn Sie das meinen, das regele ich schon.« Er überlegt. »Die Gedichte habe ich in Ihren Briefkasten geworfen. Sie sind fast alle von mir. Sie merken das dann schon ...«

Und dann geht er, ohne sich groß zu verabschieden, geht wie ein Held, ist aber keiner. Er springt ein paarmal hin und her über den kleinen Wasserlauf in der Fußgängerzone. Lothar ist übel vor Angst, je näher er nach Hause kommt.

GEH NICHT HEIM, sagt das Gespenst. Es steht vor den dunklen Fenstern der Bäckerei gegenüber. GEH IRGENDWO ANDERS HIN.

»Ich kann nirgendwo hin«, sagt Lothar. »Ich bin müde, ich will in mein Bett.«

GEH ZU VANESSA ODER ZU MARTINA, schlägt das Gespenst vor.

»Was soll ich denn sagen? Die denken, ich bin verrückt«, sagt Lothar. Jetzt zu Vanessa. Bis er da ist, ist es halb zwölf.

GEH SCHON, BEVOR ALBAN DICH SIEHT. ALBAN STEHT AM FENSTER UND WARTET, DASS DU HEIMKOMMST, DU KANNST IHN VOR HIER AUS SEHEN.

Lothar schafft es nicht, hochzusehen. Er rennt los. Erst zwei Straßen weiter geht es ihm wieder besser. Überall sind noch Leute unterwegs, die von einer der Kneipen nach Hause wollen. Lothar überlegt, wo er hingehen kann. Zu Mirko? Lieber nicht. Bei Mirko übernachten in jedem Raum der Dreizimmerwohnung mindestens zwei Verwandte aus Bosnien. Tagsüber geht es, sagt Mirko immer. Aber nachts wird es eng. Abends, wenn ich mir die Zähne putzen will, komm ich einfach nicht ins Badezimmer. Einer sitzt immer gerade auf dem Klo.

Berthold wohnt ganz weit entfernt am Stadtrand, da wo der Wald anfängt, in einem tollen Bungalow. Das ist nur mit Pegasus zu schaffen, und den hat er dummerweise nicht bei sich. Berthold hat drei Zimmer nur für sich. In einem steht eine riesige Heimorgel. In einem Zimmer schläft er und im dritten hat er die Käfige mit seinem Hasen, den zwei Meerschweinchen und dem Hamster. Tatsache ist, dass Berthold in letzter Zeit komisch geworden ist. Lothar war schon seit Wochen nicht mehr bei ihm. Bertholds Vater hat die Praxis geschlossen und ist angeblich nach Südamerika verschwunden. Zu Berthold möchte Lothar lieber nicht.

Jetzt ist er in der Ochsengasse angekommen. Vom Hof her dringen Gesprächsfetzen und Gelächter. Lothar geht ganz schnell vorbei in der Hoffnung, dass ihn niemand gesehen hat. Ob Martina inzwischen die Gedichtsammlung aus dem Briefkasten geholt hat? Ob sie sie allein liest oder mit Jan-Jakob zusammen?

Lothar hat jetzt die Heugasse erreicht, ein enges Sträßchen mit alten, geduckten Fachwerkhäusern. In der Heugasse wohnen die Grossos. Lothar bleibt vor Vanessas kleinem Haus stehen. Sie haben es ganz gemietet. Unter dem Dach wohnt Flavio Grosso, der Großvater. Er ist schwerhörig. Lothar sieht den Fernseher oben flimmern. Auch unten im Wohnzimmer läuft er noch. Er drückt auf die Klingel.

»Komm herein, Lothar«, sagt Peppina und drückt ihn kurz

an sich. »Du hast ein Problem, ich sehe es dir an. Du hattest doch gar keine Sechs in Mathe?«

»Irgendwie doch«, sagt Lothar.

Peppina stellt keine weiteren Fragen, sondern schiebt ihn durch den frisch geweißten Flur ins Wohnzimmer. Es ist neu gefliest und mit einer blassrosa Seidentapete tapeziert. An der Wand steht ein weißes Klavier. Vanessa hat es kürzlich bekommen. Sie sitzt auf der grauen Ledercouch und erledigt letzte Hausaufgaben am Couchtisch, während im Fernseher irgendeine Talkshow läuft.

»Wenn das mal gut geht«, sagt Vanessa mit einem Seufzer, als Lothar erklärt hat, dass er heute Nacht bei ihnen bleiben wird. »Opa darf auf keinen Fall etwas davon merken. Sonst denkt er, wir zwei hätten etwas miteinander.«

Flavio Grosso ist Peppinas Schwiegervater. Peppina fürchtet sich vor ihm. Bei Vanessas Erziehung ist er oft anderer Meinung. Aber er kann auch sehr liebenswürdig und hilfsbereit sein. Auf Schulfesten ist er meistens dabei. Lothar mag ihn.

Peppina nickt sorgenvoll. »Er ist sehr altmodisch. Er ist der beste Mensch unter der Sonne, aber nach acht Uhr abends dürfen keine Jungen mehr hierher kommen. Und er kann so wütend werden, dass es unangenehm ist.«

»Ihr könnt ihm das ruhig sagen mit mir und Alban«, schlägt Lothar vor.

»Das versteht er nicht. Er ärgert sich nur noch mehr, wenn du erzählst, dass du dich mit deinem Vater nicht verstehst«, sagt Vanessa. »Also, du kannst hier auf der Couch schlafen. Aber bitte sei ganze leise, damit Opa nicht wach wird.«

Peppina verschwindet in der winzigen Küche und braut einen Espresso, den sie auf einem kleinen Tablett mit ein paar Plätzchen und Zucker serviert.

Lothar trinkt den Espresso nur aus Höflichkeit. So spät verträgt er ihn nicht mehr, schon gar nicht an einem Abend wie diesem. Gleich nachdem er ihn getrunken hat, flattern seine Hände vor Kaffeeaufgeregtheit und sein Herz tobt.

Er darf Vanessas Zahnbürste benutzen und einen von ihren Schlafanzügen anziehen. Peppina schleppt Bettzeug für ihn herbei. Lothar versinkt zwischen Kissen und Bettdecke. Es riecht nach einem anderen Waschpulver als dem, das sie zu Hause benutzen. Dann muss er weinen, es merkt ja keiner. Weinen, weil er weiß, dass er nie wieder nach Hause zurückgehen kann, wo Jutta auf ihn wartet und Alban ihn totschlagen wird, und weil das Waschpulver so fremd riecht.

Die Sonne scheint hell und aufdringlich auf den Couchtisch und Vanessas Mathematikbuch. Jemand zieht energisch die Bettdecke von ihm herunter. Lothar krallt sich mit den Füßen in das Bettdeckenende. Vor ihm steht Vanessas Großvater in abgetretenen Schlappen mit zerzaustem grauem Haar in einem abgetragenen, blau-schwarz gestreiften Bademantel. Aller Zorn der Erde steht in seinem zerfurchten Gesicht. Aus seinen alten Augen funkelt es bitterböse.

»Madonna«, sagt Flavio Grosso. »Madonna, in meinem Haus ist das geschehen. Peppina, du hast es zugelassen. Du bist wie eine Tochter für mich, aber jetzt hast du so was zugelassen...« Der alte Grosso spricht mit sich überschlagender Stimme Italienisch. Italienisch sprechen sie bei Grossos immer dann, wenn die deutschen Besucher nicht mitbekommen sollen, was sie sagen. Also wenn geschimpft und getobt wird. Lothar versteht kein Wort. Der alte Mann ringt die Hände und reckt sie zum Himmel. Peppina antwortet ebenso hastig auf Italienisch. »Porcocane, la situazione, il povero Lothar...«

»Du kannst deinen Kaffeee noch fertig trinken. Dann musst du sofort aus dem Haus«, erklärt Vanessa mit unbewegtem Gesicht. Sie hat eine Müslischale aus blauer Keramik mit heißer Milch und eingeweichten Butterkeksen vor sich und löffelt ungerührt. »Wenn du schon bei uns übernachtet hast, musst du das in Kauf nehmen, es gehört dazu.« Sie lächelt ihn nicht an, sie zwinkert ihm nicht heimlich zu. So ist das eben, wenn man kein Liebespaar ist, sondern nur eine Sitz- und Lerngemeinschaft.

Lothar gießt, nachdem er ein paar Schlucke getrunken hat, ungefähr eine halbe Dose Kondensmilch auf. Dann isst er den Zwieback, den Peppina ihm hingelegt hat.

»Du musst doch auch aus dem Haus. Sonst kommen wir zu spät in die Schule. Mathe bei Big Jensen ...«

Der Alte wirft Lothar einen finsteren Blick zu. Offenbar findet er, Lothar habe jetzt auf der Stelle zu verschwinden.

»Wir können nicht zusammen auf die Straße treten«, sagt Vanessa. »Das geht einfach nicht, du Idiot. Warte vorne beim Metzger auf mich. Ich komme ungefähr fünf Minuten nach dir.«

»Und?«, fragt Lothar, als Vanessa endlich aufgetaucht ist.

»Er hat sich wieder beruhigt. Er sitzt jetzt vor dem Fernseher und raucht. Mama hat ihm das mit deinem Vater erzählt.«

Lothar verdreht die Augen.

»Er ist okay. Außer wenn ich zu spät nach Hause komme. Du kennst ihn doch«, sagt Vanessa und lacht. »Schließlich hat er nur mich und meine Mutter. Heute Mittag kannst du ganz normal zu uns zum Essen kommen und bis heute Abend bleiben.«

»Ihr seid meine Familie, jetzt, wo ich keine mehr habe.« Lothar muss aufschniefen. Er ist noch ziemlich müde und fühlt sich kaputt an Leib und Seele.

»Irgendwie schon«, sagt Vanessa, nachdem sie ein paar Takte darüber nachgedacht hat. In der Luft liegt ein leichter kühler Dunst, aber weiter oben verbirgt sich strahlend blau der Himmel. Vielleicht gibt es sogar Hitzefrei.

Nach der Mathestunde bei Big Jensen haben sie zwei Stunden Sport. Lothar hat sein Sportzeug nicht dabei, behauptet aber, ihm sei übel, Kreislaufstörungen, deswegen darf er sich auf die Bank an den Rand der Halle setzen und zuschauen. Die Tür zum Schulhof ist weit offen. Draußen zwitschern die Vögel. Es ist ein besonders schöner Tag.

Nur nicht heulen, denkt Lothar. Sonst merken es alle. Und außerdem kann er nicht mehr aufhören, wenn er erst einmal damit angefangen hat. Lothar versucht an etwas Schönes zu denken. Damals in Spanien am Strand unter dem Eukalyptusbaum auf dieser Bank, an der ein Stück fehlte, als er die spanischen Gedichte gelesen hat, ohne ein Wort davon zu verstehen. Oder an Tante Franzi und Martina Freese auf dem roten Trecker. Und wie froh er war, als er auf dem Klavier herumgeklimpert hat. Er muss schon wieder die Nase putzen. Wenn er an Tante Franzi denkt, muss er sich neuerdings immer die Nase putzen. Und diese beiden Nonnen, die ihm den Apfel gegeben haben. Die hätten bestimmt irgendetwas unternommen, wenn sie gewusst hätten, wie es ihm eigentlich geht. Die hätten sich mit Alban in Verbindung gesetzt und ihm so ins Gewissen geredet, dass er sich geschämt hätte. Die Nachbarin Frau Zingler, die ihm das Kuchenstück so widerwillig abgeschnitten hat. Als ob es ihr unangenehm gewesen wäre, dass er überhaupt gekommen ist. Plötzlich weiß Lothar, warum Tante Franzi ihr aus dem Weg geht. Die Sengs waren irgendwie alle verbrecherisch, Jutta und seine arme gute Oma. Frau Zingler verachtet Tante Franzi deswegen und lässt es sie spüren. Und Tante Franzi schämt sich.

Berthold sitzt neben ihm, starrt auf den Fußboden und sagt kein Wort.

»Was ist mit dir los?«

»Kreislaufstörungen, Kopfschmerzen«, sagt Berthold, ohne aufzusehen.

Lothar weiß sofort, dass es nicht stimmt, aber er hat nicht die Kraft nachzufragen. Berthold sieht auch nicht so aus, als ob er heute längere Storys erzählen würde.

»Na?«, sagt Mirko und lässt den Ball neben ihm aufdotzen.

»Meine Allergie, irgendetwas blüht mal wieder, das geht bei mir jedesmal in die Nase und die Augen«, murmelt Lothar.

»Zisch ab«, sagt Berthold.

Lothar reibt sich immer noch die Augen, obwohl es schon elf ist und große Pause. Vanessa hat ihm ein Salamibrot aus ihrem Vorrat gegeben und er hat es gegessen, dabei hasst er Salami, noch dazu wenn Zwiebelringe dabei sind.

Er ist so tränenblind, dass er Martina nicht gleich erkennt. Sie steht plötzlich vor ihm und sagt: »Na Lothar, was ist denn mit dir los?«

»Allergie«, sagt er. »Es ist meine saublöde Allergie. Ich hab das immer, wenn das Wetter so gut ist und irgendwelches Zeug blüht.«

»Ach ja«, sagt sie. »Ist ja interessant. Deine Mutter hat im Sekretariat angerufen und gefragt, wie es dir geht.«

Lothar weint sofort richtig los.

»Du kannst hinübergehen und zurückrufen.«

Lothar schüttelt heftig den Kopf. Sie reicht ihm ein Taschentuch. Es klingelt durchdringend. Alle rennen an ihnen vorbei zur Eingangstür. Nur sie bleiben im Schatten des Ahornbaums am Zaun stehen.

»Na gut, dann rufe ich sie an. Sie lässt dir ausrichten, dass dein Vater weg ist. Er ist wieder auf Dienstreise. Heute Mittag macht sie Gulasch mit Bratkartoffeln.«

»Ja, ich komme. Das können Sie ihr ausrichten. Ich bin auf alle Fälle rechtzeigt da«, bringt Lothar mit letzter Kraft heraus.

Martina setzt sich auf die Mauer und wippt mit den Füßen. Ihre Zehennägel in den Sandaletten sind in der Farbe der Seidentapete aus Vanessas Wohnzimmer lackiert.

»Ich habe alles gelesen«, sagt Martina. »Aber irgendwie bin ich enttäuscht...«

Er bringt keine Antwort heraus. Gelesen? Wann? Hatte sie eine Freistunde? Oder hat sie sie noch heute Nacht gelesen?

»Wenn sie echt wären, würde ich dich bei Big Jensen für einen Sonderpreis vorschlagen«, sagt sie. In ihrem Gesicht liest er nichts. Martina sieht gleichgültig aus. »Aber jetzt mal ehrlich, mein Verdacht ist, die ganze Sammlung besteht aus Geklautem. Ich müsste zwanzig verschiedene Gedichtanthologien durchblättern, dann hätte ich jedes einzelne zurückidentifiziert. Den Hesse habe ich sofort erkannt, den erkennt jeder, der sich ein bisschen mit Hesse beschäftigt hat. Bei dem Goethe habe ich zuerst gestutzt, weil die Sprache so ungewöhnlich war. Und DIE MICH LIEBT ist nicht von Celan, da lege ich die Hand ins Feuer, ich vermute mal gar nichts, es gibt zu viele Möglichkeiten. Aber es muss einer von den besseren Poeten sein. Es ist ein starkes Gedicht. Sag mal, was soll diese Lügerei? Willst du mich testen? Willst du beweisen, dass ich eine unmögliche Deutschlehrerin bin, oder was? Kein Mensch kann alle deutschsprachigen Gedichte der letzten zweihundert Jahre kennen –«

»Es ist gar kein deutsches Gedicht, es ist eine Übersetzung aus dem Spanischen«, legt Lothar los. »Antonio Machado.«

»Schon stark«, sagt Martina. »Es bleibt einem im Gedächtnis. Man vergisst es nicht mehr. Bringst du mir den spanischen Text? Bestimmt ist das Original noch intensiver.«

»Ich wollte Sie nicht reinlegen«, sagt Lothar. »Ehrlich, reinlegen wollte ich Sie nicht. Auch nicht testen.«

»Und was dann?«

Er überlegt, was es war. Dann fällt es ihm ein. »Es sollte die perfekte Tarnung sein. Ich wollte Sie hinterher fragen, welches Ihnen am besten gefallen hat, und dann hätte ich Ihnen gesagt, welches die echten Liegles sind.«

»DIE MICH LIEBTE…, das ist eins von den echten«, sagt Martina. Sie sehen sich nicht an dabei. »Aber ganz sicher bin ich mir nicht mehr, das hast du jetzt erreicht. Und ich sag dir noch etwas: Ich hätte dich wirklich bei Big Jensen für den Sonderpreis vorgeschlagen.«

Lothar möchte am liebsten weinen. Es ist ein fürchterlicher Tag nach einer fürchterlichen Nacht. Ohne dass er irgendetwas tut, läuft alles schief. Nicht alles. Lothar denkt daran, dass Jutta angerufen hat, um ihm zu sagen, dass Alban fort ist. Das rettet den Tag.

Martina kann nicht wissen, was der Sonderpreis für ihn bedeutet. Am Ende des Schuljahres bekommen die Jahrgangsbesten einen Buchpreis. Außerdem gibt es ein paar Sonderpreise für hervorragende Leistungen, im Sport oder so. Und jetzt war er endlich einmal ganz nahe dran – und es ist wieder nichts geworden. Der einzige Buchpreis, der je drin war und drin gewesen wäre. Er wird nie wieder eine Chance bekommen. Einer wie er nie. Er sieht ihr ins Gesicht und spürt, dass sie ihn verachtet. Jetzt ist sie innerlich ganz weit weg von ihm. Er hat alles bei ihr verscherzt. Er hat alles verdorben. Es wird nie wieder so sein, wie es war. LÜGENGESICHT, denkt sie, ELENDES LÜGENGESICHT.

»Ich will die blödsinnigen Gedichte nicht wiederhaben«, stößt er hervor. »Werfen Sie sie fort, in den Papierkorb, oder vielleicht gibt es im Lehrerzimmer einen Reißwolf.«

»Ich werde sie alle behalten, wenn ich darf«, sagt Martina. »Darf ich sie Jan-Jakob zeigen?«

Er nickt. Das also auch noch. Manche Mensche sind geborene Verlierer. Er ist so einer. Martina und Jan-Jakob werden barfuß auf ihrem Sofa sitzen, seine Gedichte durchblättern, sich dabei totlachen und dazu Kuchen essen. Nein, nicht Kuchen. NUSSHÖRNCHEN. Es ist, als ob er innerlich zerrisse. Er sieht die beiden vor sich, den blonden Einsachtzig-Mann und Martina, grünäugig und liebevoll. Es ist so schlimm, dass er nichts mehr sagen kann.

»Versprich mir, dass du wirklich hingehst«, sagt Martina.

Er ist so fertig von der Gedichtsache, dass er den Gulasch schon wieder vergessen hat.

7. Lügengesicht, schwarz-weiß

Jutta ist beim Friseur. Neue Dauerwellen legen lassen, das bedeutet drei Stunden mindestens, die er, Lothar, allein in der Wohnung sein wird. Und Alban ist weit weg. Er verkauft Versicherungsverträge in der Gegend von München. Diese Dienstreise ist sozusagen Lothars Rettung. Albans Hand war nur leicht geprellt, kein Bruch, Alban konnte also mit etwas Verspätung losfahren. Vorher war er noch im Krankenhaus, wo irgendein Notarzt bei der Ambulanz ihm die Hand untersucht und verbunden hat. Und sein Chef, irgendein höherer Abteilungsleiter von der Versicherungsgesellschaft, hatte ihn morgens ganz früh angerufen, er hätte noch ein zusätzliches Gebiet für ihn eventuell, ob er sich das zutrauen würde. Alban hatte es sich natürlich zugetraut. Und Jutta war sich absolut sicher, dass er den ganzen Mist mit Lothar und der gequetschten Hand nicht mehr so wichtig nehmen würde. Jetzt, wo er noch ein Gebiet dazu bekommen hat. Davon hat er doch seit drei Jahren geträumt, dass so ein Angebot einmal kommt. Na ja, sie würde das mit Alban und Lothar wieder auf die Schiene kriegen, bestimmt. Dafür könnte sie garantieren. Lothar hatte vorgehabt, Englisch zu lernen für die Arbeit übermorgen, die letzte vor den Ferien. Außerdem Mathe. Nichts davon hat er getan. Er ist wieder in Franzis Zimmer, aber nicht um aufzuräumen diesmal. Lothar wühlt mit zitternden Händen in den alten ungeordneten Fotos. Die Farben sind gelbstichig geworden, als hätten die Bilder zu lange im Licht gelegen, dabei waren sie doch immer hier in der Schublade. Lothar wühlt die Fotos durch, bis er ihn gefunden hat, den Mann, der immer mit Elfriede zusammen war. Den Mann im kurzen Sommerhemd auf der Vespa. Es gibt noch mehr Bilder von ihm, alle schwarzweiß. Eines zeigt den Mann, wie er in der Hocke im Gras kauert, die Arme ausgebreitet. Ein kleiner Junge läuft auf ihn zu. Der Junge ist er, Lothar, ungefähr ein Jahr alt. Oder vielleicht zwei. Lothar kennt sich mit kleinen Kindern nicht so genau aus.

Er steckt die beiden Fotos ein. Er versucht, nichts dabei zu denken und nichts zu hoffen. Aber er will sie immer bei sich tragen. Er wird sie in sein Federmäppchen legen.

Lothar weiß, was er zu tun hat. Er räumt mit fliegenden Händen die Küche auf, wirft die Kaffeemaschine an, deckt den runden Kiefernholztisch im Wohnzimmer für zwei. Nein, nicht die brauen Keramikbecher, er bringt sie wieder in die Küche zurück, das gute Geschirr mit den Jugendstilblumen aus dem Wohnzimmerschrank muss es sein. Und dann wird er noch rüberlaufen und Torte holen, Kubatorte, sieben Mark hat er noch auf den Pfennig.

Die Tür geht, es ist Jutta, so schnell war sie noch nie. Lothar fällt ihr um den Hals, sie duftet nach Haarspray und hat Lippenstift aufgelegt.

»Kaffee? Das ist lieb von dir. Ich hab Torte mitgebracht, zwei Stücke, Fürst-Pückler. Ich hatte noch genau sechs Mark in der Tasche.« Er fällt ihr noch einmal um den Hals. Einen Moment ist er dicht davor, ihr alles zu sagen und sie alles zu fragen. Das mit Oma, das ist das eine, und das mit dem Mann auf den Fotos, das ist das andere. Aber er bringt kein Wort heraus, jetzt nicht. Morgen nicht. Nie. Auf keinen Fall. Er wird nicht fragen. Er weiß ja alles, was er wissen will.

Dann sitzen sie sich gegenüber. Vielleicht ist es der größte Moment zwischen ihnen, den es je gab. Auch Jutta muss es spüren. Was mag sie denken? Er denkt nur das eine und wie gut es tut, DASS ER IHN ENDLICH GESEHEN HAT, WENN AUCH NUR AUF DEM FOTO. Er könnte fragen. Aber er tut es nicht. Es kann nur so sein. Es muss so sein. Das Leben ist gut. Jeder Tag ist gut, jede Minute. Er ist reich geworden von einem

Augenblick auf den anderen. Endlich hat er ihn gefunden. Ihn, der ihn sehr geliebt hat. Lothar spürt sie wieder, die Küsse des Mannes auf seinem Babygesicht. Dieser Mann muss sein Vater sein.

8. »Wer lügt, der stiehlt ...«

Es war Vanessas Idee, vorher in die Turnhalle zu gehen. Der Hintergrund der Bühne ist mit dunkelrotem Samt verkleidet. Das Rednerpult ist aufgebaut und vor dem Rednerpult der Büchertisch. Vanessa probiert das Mikrofon aus und spricht wie Big Jensen. Lothar hört ihr nicht zu. Er steht vor dem Tisch und streichelt, ja er streichelt die Bucheinbände. Solche Bücher kann man gar nicht in normalen Buchhandlungen kaufen, vermutet er seit Jahren. Es sind Pferdebücher für die Mädchen, ein Buch über Motorräder, ein Prachtband über *Die Entdecker*, ein weiterer mit vielen bunten Fotos über Sport, und dann ein besonders dicker Band. *Das große deutsche Gedichtbuch.* Auf jedes Buch ist ein gelber Klebezettel mit dem Namen und der Klasse des Preisträgers geheftet. Die Jahrgangsbesten. Die besten Sportler. Schließlich werden Sonderpreise für außergewöhnliche Leistungen in Mathematik oder Physik oder einem anderen Fach vergeben. Manchmal ergattern auch sehr gute Klavier- oder Violinspieler ein Buch. Lothar liest die Namen, viele davon kennt er. Das Gedichtbuch ist für ein Mädchen, die Jahrgangsbeste aus den 12er Klassen, Aleika Winterstein. Der Name sagt ihm nichts. Er denkt an Kopfschmerzen, obwohl er gar keine hat, weiter nichts.

Vanessa spielt ihr Spiel hinter dem Rednerpult. Sie sieht nicht, wie Lothar den Rucksack mit seinem Sportzeug vom Rücken nimmt, ihn auf den Tisch legt, die Klappe öffnet und mit schnellem Griff *Das große deutsche Gedichtbuch* darin verschwinden lässt. Hätte sie es gemerkt, sie hätte ihn gewarnt. »Du bist verrückt, leg's zurück, auf der Stelle. Das geht nie gut.«

Lothar ist sechzehn, Vanessa ist sechzehn, aber sie hat Lebenserfahrung und einen Blick dafür, wie die Dinge sind. Und das Leben ist nicht so, wie Lothar es sehen will. Das Leben ist hart. Vanessas Mutter fährt mittags Pizza aus mit diesem kleinen blauen Lieferwagen. Nichts mit Paris und London und Models, sondern jede Mark hart verdient. Bestimmt fühlt Vanessa instinktiv, dass sie näher am Leben dran ist als Lothar. Vanessas Opa haut ihr jedes halbe Jahr eine runter im Zorn, mehr aber nicht. Mit blauen Flecken im Gesicht ist sie noch nie in die Schule gekommen.

Aber Vanessa hat nicht gesehen, was Lothar getan hat. Sie spielt ihr Spiel. Sie ist gerade jetzt ganz Big Jensen mit seinem hochgezwirbelten blonden Schnurrbart. Sie wippt auf ihren Absätzen und schreit: »Ich werde mit eisernem Besen durch diesen Jahrgang gehen. Da gibt es manchen, der unserem Niveau nicht gewachsen ist, der es nicht schaffen wird...«

»Trink aus, wir gehn«, lallt Lothar.

»Hab schon ausgetrunken«, kichert Vanessa, winkt den Zuhörern in den leeren Stuhlreihen, und dann gehen sie. Lothar hat vorher noch die Bücher auf dem Tisch so geordnet, dass man die Lücke nicht mehr sieht – eine erschreckend große Lücke war es für einen Moment, und der Rucksack auf seinem Rücken ist jetzt bleischwer.

Aleika Winterstein erhebt sich, alle schauen nach ihr, der Preisträgerin. Auch Lothar. Sie ist mittelgroß und dunkelhaarig mit schwermütigen brauen Augen. Die Turnhalle ist bis auf den letzten Platz gefüllt. Ganz hinten stehen Eltern, zweifellos die Eltern der Preisträger. Aleika Winterstein geht nicht zu schnell, nicht zu langsam durch den Gang nach vorn, steigt das Treppchen zur Bühne hoch, während Big Jensen seine Brille aufsetzt und unruhig über den Büchertisch schaut. Jetzt ist Aleika bei ihm angekommen. Blitzlichter und das Schnarren von Kameraverschlüssen, irgendwelche Fotografen des »Alb-Boten« und des »Teck-Anzeigers« haben sich nach vorne gedrängt und halten die Szene fest. Lothar lehnt sich zurück und atmet tief durch. Big Jensen reicht Aleika gratulierend die Hand. Aleika macht einen kleinen Knicks.

»Und da haben wir auch schon das Buch – das *Große deutsche Gedichtbuch*«, sagt Big Jensen. Aber er hat es gar nicht, er hat nur behauptet, er hätte es. Haha, denkt Lothar. Blamiert, lackiert. Aleika lächelt hilflos und verlegen. Sie hat einen dunkelblauen Faltenrock an, weiße Pumps mit hohen Absätzen und eine lachsfarbene Bluse. »Das Buch«, sagt Jensen dumpf. Dann lacht er verlegen. »Das Buch hat Beine bekommen. Haben Sie es vielleicht schon, Aleika?«

»Es tut mir leid«, sagt Aleika. »Ich habe das Buch noch nicht bekommen.«

»Frau Hase wird Ihnen das Buch nachträglich überreichen«, sagt Big Jensen wieder mit alter Selbstsicherheit. »Frau Hase hat wohl vergessen, es mitzubringen. Frau Hase hat nämlich vorhin den Tisch aufgebaut, und da muss sie ausgerechnet Ihr Buch vergessen haben. Das ist mir unangenehm. Es tut mir leid.«

Aleika lächelt wieder hilflos, ist sichtlich verlegen, wird ein klein bisschen rot, zupft an ihrem Faltenrock und gibt Jensen, wie um es ihm leichter zu machen, noch einmal die Hand und steigt wieder herunter, die einzige Preisträgerin ohne Buch.

Es muss sein, anders geht es nicht, es ist nämlich das Buch, das er braucht wie kein anderes auf der Welt. Mit diesem Buch wird er unschlagbar sein. Er wird jeden Tag darin lesen. Mehr noch, es ist das Buch, das Martina ihm zugedacht hat, Lothar Liegle. Er hat den Preis bekommen. Endlich. Einmal in all den Jahren. Wenn es auch keiner weiß. Er ist der Preisträger.

9. Der Mann auf dem Foto

Lothar nimmt die Treppe durch das kiefernholzverschalte Treppenhaus mit wenigen Sprüngen und drückt die Klingel, obwohl er den Schlüssel dabeihat.

»Wie war es?«, fragt Jutta. Und ohne die Antwort abzuwarten: »Tante Franzi ist da. Sie war in der Stadt zum Einkaufen und will aber gleich wieder fort. Ihr Lehrling hatte einen Unfall. Setz dich schon mal rein, das Essen ist gleich fertig.«

Einen heißen kurzen Moment überlegt er, ob es Martina Freese ist, die den Unfall hatte. Aber dann fällt ihm ein, dass Martina längst wieder oben in Norddeutschland ist. Lothar riecht Blumenkohl und Bratwurst, dazu sind Kartoffeln zu erwarten. Er hofft auf Bratkartoffeln. Wenn Jutta kocht, gibt es keine Überraschungen, sondern schwäbischen Landstandard. Zu Albans Geburtstag vor zwei Monaten hat sie Chop Suey aus der Tüte bereitet und Spätzle dazu aufgetischt.

Tante Franzi sitzt im Wohnzimmer auf dem Ledersofa, distinguiert und mit einer Dauerwelle wie direkt vom Friseur. »Unser Lehrling hat die Hand gebrochen und musste drüben im Krankenhaus operiert werden. Ich will nachher mal hin und sehen, wie es ihr geht.« Tante Franzi hat schon wieder ein Mädchen eingestellt, »weil die so schwer eine Stelle finden.« »Lass dich drücken, Lotharle«, sagt sie. »Was hast du denn in deinem Rucksack drin?«

Lothar hat den Rucksack an die Brust gepresst und strahlt sie an. Er kann nicht anders, obwohl er das wirklich nicht gewollt hat. »Ich habe einen Preis bekommen für die besten Gedichte. Es ist ein Sonderpreis«, sagt er in mittlerer Stimmlage, nicht zu leise, nicht zu laut.

Ein paar Momente lang ist Tante Franzi so glücklich, dass sie kein Wort herausbringt. Sie hat das alles schon lange kommen sehen. Was in Lothar steckt, das weiß sie sehr genau, davon hat sie sich nie abbringen lassen.

»Siehst du, der Füllfederhalter«, sagt sie und muss sich die Nase putzen. »Ich hab's gewusst. Lothar, aus dir wird mal was ganz Großes. Das hab ich immer gesagt. Jutta, er hat die besten Gedichte geschrieben! Die besten Gedichte!«

Tante Franzi hat im letzten Winter einen Volkshochschulkurs über moderne Dichtung besucht. Im Winter ist auf dem Hof nicht so viel zu tun und sie achtet darauf, dann etwas zu unternehmen. Im vorletzten Jahr waren lateinamerikanische Schriftsteller dran.

Jutta lässt die Platte mit den Bratwürsten fallen. Lothar, der Preisträger.

Das Buch liegt vor ihnen auf dem Couchtisch. Tante Franzi hat die Brille aufgesetzt, um den Kuchen besser zu sehen. Die Stimmung ist feierlich. Es ist der Moment, in dem er es einfach tun muss. Lothar holt das rosa Federmäppchen aus seinem Schulrucksack. Mickymaus lacht sich eins. Lothar nimmt die Fotos heraus und legt sie auf *Das große deutsche Gedichtbuch*. Der Mann auf der Vespa lacht sie an. Das Leben ist wunderbar. Voller Hoffnung. Alles ist möglich. IRGENDWO LEBT SEIN RICHTIGER VATER UND WARTET SEIT JAHREN AUF LOTHAR. Die Frage, die ihm auf den Lippen liegt, bekommt Lothar nicht mehr heraus. Außerdem ist es keine Frage mehr. Er weiß ja schon, dass der Mann auf den Fotos sein Vater ist.

Tante Franzi beugt sich vor. Er beobachtet sie dabei, als hinge sein Leben ab von dem, was nun geschieht. Und so ist es ja auch. Sein Leben hängt davon ab, seine Zukunft, alles. Sie, nur sie, kann ihm sagen, wo sein Vater wohnt und wie er ihn erreichen kann.

Tante Franzi schaut das Foto minutenlang an. Sie sieht plötzlich aus, als müsste sie sich gleich übergeben, weil die Bratwurst nicht mehr gut war.

»Der Taugenichts, der«, sagte sie schließlich. »Das ist doch Lothar – wenn ich den nur sehe, kriege ich Wut, selbst heute noch, wo es so lange vorbei ist.«

»Lothar«, sagt Lothar. »Er hieß wirklich Lothar.« Sein Vater. Er kann nur Lothar heißen, wie sonst?

»Das weißt du doch, Lothar, der einzige Bruder deiner Mutter. Sie hat so an ihm gehangen. Und dann hat er euch das angetan. Der Verbrecher, der.«

Lothar weiß nichts davon. Er hat den Namen nie gehört. Jutta hat ihn nie genannt. Von ihrem Bruder hat sie nie gesprochen.

Wilde Wut steigt hoch in Lothar. Es ist nicht Enttäuschung, die er fühlt, es ist Wut, so als sei er bestohlen worden. Von einem Augenblick auf den anderen sitzt er hier auf dem Ledersofa, verspeist Schattenmorellentorte mit Sahne aus der Dose, und das ist schon alles. Nichts als eine Lüge war es. Diesmal ist er auf seine eigene Lügengeschichte hereingefallen! Er selbst. Lothar Liegle, genannt Lothar Lügengesicht.

Nur ihr Bruder.

»Mit dem ganzen Geld hat er sich bei Nacht und Nebel davongemacht und den Alban halb totgeschlagen, der Lump, und hat nie wieder von sich hören lassen. Fünftausend Mark hat er aus dem Wäscheschrank mitgenommen. Die hatte deine Großmutter gespart, wie alte Leute so sind.«

Tante Franzi sieht Lothar an, als wollte sie eine Mitleidsbezeugung für den geprügelten Alban einfordern. Für Lothar ist es zu viel. Ihm ist schlecht vor Schrecken.

»Er ist nie wieder gekommen, nur sein Auto haben sie Monate später im Gebüsch bei der französischen Grenze gefunden. Und nach Jahren dann ist einer aus dem Nachbardorf vorbeigekommen, der war bei der Fremdenlegion gewesen und hat erzählt, dort hätte er den Lothar wieder getroffen. Sie waren zusammen in Algerien und später in Vietnam.«

»Das bedeutet, er lebt«, sagt Lothar.

»Ja, ich glaube schon, dass er noch lebt«, sagt Tante Franzi völlig unbeeindruckt. »Ich möchte dem nicht wieder begegnen in diesem Leben. Oder ich tät ihm was erzählen, dem.«

10. »Wer stiehlt, der brennt . . .«

Es ist der erste richtige Ferientag nach dem Wochenende. Übermorgen wird er zu Tante Franzi auf den Hof fahren. Martina Freese ist schon da. Diesmal als Landwirtschaftslehrling. Lothar liegt noch im Bett mit halb geschlossenen Augen und genießt die Wärme und die Ruhe.

Draußen im Flur schimpft Alban herum, weil er seine Lederjacke nicht findet.

»Das passiert doch mit jeder Jacke, dass du sie bei einem Kunden hängen lässt«, sagt Jutta.

»Ich bin kein Idiot«, schreit Alban. »Es ist die zweite Jacke in diesem Monat.«

»Schau noch mal im Kalender nach, wo du warst, und ruf dort an«, schlägt Jutta vor.

Diese schwarze Jacke war zwar noch ziemlich neu, hat aber nicht viel gebracht. Gerade mal zwanzig Mark. Er hat den Zwanziger heimlich Jutta ins Portemonnaie gesteckt. Das macht er beinahe nach jedem Jackenklau, dass er ihr einen Teil seiner Beute zukommen lässt. Sie merkt gar nicht, was abgelaufen ist. Sie freut sich einfach, wenn sie feststellt, dass sie noch Geld übrig hat. Meistens erzählt sie ihm das sogar.

Fünfundzwanzig Mark für die dunkelbraune im Secondhandshop, das gab genau sechzehn Nusshörnchen. Lothar denkt an die Tüte im Gefrierfach des Kühlschranks. Er ist für die nächste Zeit versorgt.

Alban hört nicht auf zu schimpfen. Er will nicht herumtelefonieren. Da hätte er sich schon oft genug blamiert mit der Hinterherfragerei.

»Vielleicht behalten die deine Jacken, diese Kunden. Das ist nicht direkt geklaut, es ist so ein Zwischending ...«

»Jutta, ich bin mir absolut sicher, dass meine Jacken gestohlen worden sind«, sagt Alban in diesem Moment. Lothar bleibt fast das Herz stehen. Drei hintereinander, das war zu viel. Das hätte er nicht tun sollen. Es war eine Blödheit.

»Denk doch mal nach, Jutta«, sagt Alban. »Drei Jacken in so kurzer Zeit. Ziemlich teure Jacken. Irgendwer hat sie gestohlen. Von der Logik her, es kann nur so sein.«

Alban hat recht. Die Lederjacken sind allesamt gestohlen worden. Lothars Herz klopft unbändig. Von der Logik her. Es war Lothar. Es war mein Sohn Lothar, ich bin doch kein Idiot. Der ist dazu fähig. Nur er hat die Möglichkeit gehabt.

Schweigen. Stille. Alban geht ins Bad. Die Klospülung rauscht.

»Scheißkunden«, sagt Alban, während er durch den Flur ins Wohnzimmer geht. »Klauen die mir meine Lederjacken, und ich kann mich nicht einmal beschweren. Manchmal möchte ich den Job an den Nagel hängen und ganz von vorne anfangen. Da wird einer doch verrückt, wenn er ständig bestohlen wird. Da verliert einer den Verstand. Architekt wollte ich werden, und was ist draus geworden? Nichts. Und jetzt klauen sie mir die Jacken, du lieber Gott, in was für einer Welt leben wir eigentlich?« Den letzten Satz hat er herausgeschrien.

»Behalt die Nerven«, sagt Jutta. »Die Nerven sind das Wichtigste, was einer hat.«

Der Fernseher läuft im Wohnzimmer. Alban zappt hin und her. Dann ist er in irgendeinem Krimi drin. Jutta geht in die Küche. Eine Schranktür klackt auf und zu.

HALT, STEHENBLEIBEN. Sie sind jetzt hinter ihm her. Sie wissen alles von ihm. Lothar rennt um sein Leben. Er läuft an einer hohen, alten Mauer entlang. Die Mauer hat ein rundbogiges, offenes Tor, in das er sich flüchtet. Er ist auf einem Friedhof. Irgendwie gefällt es ihm. Auf dem Friedhof ist er sicher. Die Polizisten rennen draußen auf der Straße weiter. Es ist genau die Ecke des Friedhofs. Lothar sieht auf der anderen Seite, hinter der eine andere Straße entlangläuft, die er durch einen weiteren offenen Mauerbogen beobachten kann, ein großes, offenes Grab. Neugierig tritt er näher. In der frisch ausgehobenen Grube stehen drei Särge. Lothar weiß sofort, es sind die mit Jutta, Alban und ihm. Alle drei sind sie tot. Jutta, Alban und er. Wie es sich gehört, ruhen sie zu dritt in einer Familienruhestätte. Wie zur Bestätigung liegt auf dem mittleren Sarg sein Kampfanzug, säuberlich zusammengefaltet.

Lothar schaut nur kurz in das Grab auf die Särge und rennt hinaus auf die Straße. Wieder sind ihm die Verfolger dicht auf den Fersen. Er ist schneller als sie. Nach einer Weile kommt er aus der Stadt heraus. Der Asphalt unter seinen Füßen verwandelt sich in festgetretenen Lehm. Rechts und links liegen dichte, grüne Wiesen. Lothar freut sich, dass er so gut rennen kann und dass er so weit weg ist von der Stadt. Er hat beide Hosentaschen voller abgerissener Zettelchen.

Das Telefon klingelt. Es ist zu früh für Telefonklingeln. Es müsste der Wecker sein. Aber es ist das Telefon. Lothar krallt die Füße in die Bettdecke. Solange der Wecker nicht klingelt, muss er nicht aufstehen. Er hat noch genug Zeit.

Alban ist ans Telefon gegangen. Irgendein Kunde, der etwas Blödsinniges von ihm will. Und vergessen Sie bitte nicht, eine neue Lederjacke einzukaufen, Herr Liegle.

Alban sagt dauernd »Ja«. Es kommt nie vor, dass Alban einfach nur »Ja« am Telefon sagt. Alban macht auch keinen Termin aus. Offenbar wird ihm ein Termin mitgeteilt, zu dem er einfach »Ja« sagt.

Der Wecker hat immer noch nicht geklingelt.

Alban sagt: »Ich mache mir schreckliche Sorgen um meinen Sohn.«

Lothar richtet sich im Bett auf und schaltet die Nachttischlampe ein.

»Es tut mir wirklich sehr leid, Herr Jensen. Ich bedaure es sehr, ich schäme mich sogar. Ja, sehr leid. Es ist ganz furchtbar. Ich werde – ja, Herr Jensen, ja.«

»Schildkröten leben ewig«, schreit Lothar. In seinem Mund schmeckt es nach frischem Blut. »Ich lass mich nicht von dir umbringen. Ich geh zum Jugendamt. Ich zeig dich an.«

Sekundenlang weiß Lothar, dass er es tun wird. Er ist der, der die einmaligen Gedichte schreibt. Er sieht auch ziemlich gut aus. Manchmal jedenfalls. Er hat was. Keiner darf ihn verletzen. Keiner darf seine Nase blutig schlagen. Es schmeckt rostig nach Eisen, es schmeckt warm und ekelhaft in seinem Mund.

Alban tritt einen Schritt zurück. Er lächelt. Es muss Verachtung sein über einen, der so jämmerlich ist wie Lothar. »Wer bist du denn? Du bist doch der letzte Dreck. Keiner wird dir ein Wort glauben. Du lügst, du stiehlst, du bist jetzt schon ein Krimineller.«

Alban hat recht, niemand auf der Welt wird einem wie Lothar glauben. Ausgerechnet ihm, den alle Lügengesicht nennen. Ja, er lügt manchmal ein bisschen, das ist wahr. Und das mit den Jacken was nun einfach zu viel. Er ist der letzte Dreck, er ist ein Abschaum, für ihn muss man sich schämen. Seine Eltern sind arm dran mit ihm. Tante Franzi wird ihm nie wieder etwas zu Weihnachten und zum Geburtstag schenken. Jetzt hat sie ihn durchschaut. In diesem Moment spürt Lothar ganz deutlich, dass er anfängt verrückt zu werden. Er denkt verrücktes Zeug und er sagt es auch noch. Er benimmt sich wie einer kurz vor der Klapsmühle. Das mit den Lederjacken weiß Alban allerdings nicht. Wenn er noch so clever ist, das wird er auch nie rausbringen. Alban weiß das mit dem Gedichtbuch, aber eben nicht mehr. In Lothar steigt die Welle mit dem tollen Gefühl hoch. Er hat Alban alle seine Lederjacken gestohlen. Alban hat wie ein Idiot dauernd neue gekauft. Und die, die jetzt gerade in der Garderobe hängt, die wird Lothar morgen zum Secondhandshop tragen, komme was da wolle. Er wird sie auf die Ladentheke knallen und sagen: Geschenkt. Die schenk ich euch. Einzige Bedingung: Hängt sie ins Schaufenster. Er ist nämlich klüger als Alban. Er hat ihn ausgetrickst.

Eines Tages wird Alban alt und wacklig sein, und er, Lothar, wird in einer todschicken schwarzen Lederjacke in seinen Porsche steigen, Martina wird schon auf dem Beifahrersitz auf ihn warten und ihm zulächeln. In Wirklichkeit ist Alban ein armes Schwein, ein gebeutelter Versicherungsvertreter, der allmählich an seinem Verstand zweifelt, während Jacke auf Jacke aus der Garderobe verschwindet.

»Schildkröten leben ewig, kein Mensch kann sie umbringen, sie sind unheimlich zäh –«

Alban schlägt ihm auf den Mund, diesmal weil er das dumme Zeug nicht mehr hören will.

»Er ist übergeschnappt«, sagt er ganz ruhig. »Jetzt ist er auch noch übergeschnappt.«

Eines Tages wird Alban alt und wacklig sein. Und er, Lothar, wird mit dem Lächeln eines strahlenden Siegers in seinen werksneuen Porsche steigen …

Lothar steht im Bad mit den Marmorimitatkacheln. Alles blitzt. Die Armaturen hat er gestern eigenhändig mit einem Spezialmittel abgerieben und nachpoliert. Lothar schaut in den Spiegel. Er sieht aus wie zerquetscht. So wie er aussieht, kann er sich nur noch ins Bett legen. Hinter seiner Stirn dröhnt es. Sein Ohr brennt wie Feuer. In zwei Tagen ist er wieder normal. In zwei Tagen sieht ihm keiner mehr etwas an.

Das Schlimmste ist, dass Ferien sind. Jeden Tag muss er Alban gegenübertreten. Aus der Traum mit Tante Franzi und Martina. Er hofft inbrünstig, dass Alban Tante Franzi nicht sagt, was alles passiert ist.

Er wird Linda Evangelista in New York anrufen. Er wird Claudia Schiffer eine Postkarte nach Rom schreiben. Mir geht's prima, nur etwas langweilig. Hab schon lange kein Gedicht mehr geschrieben. Hätte Lust auf ein Haiku, so eins mit zwei Zeilen, wie die Japaner es meisterhaft machen. In Japan schreiben sie alle Haikus, einfach so ...

Lothar nimmt den Waschlappen vom Haken und lässt ihn mit kaltem Wasser volllaufen. Dann klatscht er sich damit mehrfach über sein zerstörtes Gesicht. Aber danach sieht er nicht besser aus.

Er wird Martina anrufen, wenn Alban zu Abend isst. Er wird sie einfach so anrufen. Oder lieber nicht. Selbst am Telefon muss sie merken, in welchem Zustand und wie mies er ist, was für ein Stück Dreck. Wahrscheinlich würde ihn nicht einmal Vanessa mehr auf der Straße erkennen. Er wird von der Schule fliegen. Er ist ein Krimineller. Nicht nur wegen der Sache mit dem Gedichtbuch. Lothar denkt kurz an Albans Lederjacken und den Aktenkoffer. Das hat noch niemand rausgekriegt, aber irgendwann wird es auch rauskommen. Dann wird Alban ihn wirklich umbringen. Oder er wird im Kittchen landen. Lothar überlegt, wo die nächste Justizvollzugsanstalt ist. Keiner wird ihn dort besuchen. Auch Alban nicht. Er wird Alban überhaupt nicht mehr sehen. Der Gedanke gefällt ihm. Alban wird aus seinem Leben verschwunden sein. Sie werden sich nie wieder begegnen. Alle werden froh sein, dass er weg ist.

Er wird Linda Evangelista Briefe aus dem Knast schreiben. Er wird ihr Gedichte schicken. Ihr und Martina. Martina wird die Gedichte wahrscheinlich zerreißen. Oder seine Briefe gleich in den Abfalleimer werden. Sie wird den Absender lesen, den Kopf schütteln und –

Sowieso sind die Gedichte, die er geschrieben hat – Lothar muss laut loslachen, fast eine Art Lachkrampf –, die sind alle der größte Mist, dummes Zeug, so ein Quatsch, so ein Blödsinn, nichts als Mist.

11. Es gibt kein richtiges Leben im falschen

Lothar presst die Tüte mit den Nusshörnchen an die Brust, während er die Treppen zu Martinas Wohnung hochsteigt. Heute ist er nicht sehr fit. Ungefähr im vierten Stock muss er auf dem Treppenabsatz stehen bleiben und schnappt nach Luft. Die Aufregung ist wieder weg, er fühlt nichts mehr, wirklich nichts mehr. Keine Liebe, keine Verzweiflung, nicht einmal Angst, auch keinen körperlichen Schmerz. Auch die Scham spielt keine Rolle mehr. Jetzt weiß es eh jeder: Lothar Liegle ist ein gemeiner kleiner Dieb. Der Schüler, der *Das große deutsche Gedichtbuch* gestohlen hat.

Auch Martina, gerade sie. Was auch immer er noch tun wird, er wird in ihren Augen ein Lügner und ein Dieb bleiben, einer, der Gedichte schreibt, die sie für gut hält zwar, aber trotzdem.

Lothar zieht sich das Treppengeländer hoch zum fünften Stock. Er versteht selbst nicht genau, wovon er so müde ist. Die Tür steht offen. »Hallo, hallo«, sagt Jan-Jakob. Lothar muss an ihm hoch sehen. Jan-Jakob erscheint ihm heute noch größer, als er ohnehin ist. Er riecht frisch geduscht und nach Zahncreme. Wie er da steht und Lothar freundlich und offen anstrahlt, als ob er sich freute, ihn zu sehen, ist eins klar: Dieser Mann hat noch nie gelogen und in seinem ganzen Leben nie etwas geklaut.

»Komm rein. Ich mach uns gleich einen Tee, Martina ist auch da«, sagt Jan-Jakob.

Lothar geht durch den winzigen Flur und erkennt alles wieder, die kleine Couch mit dem naturfarbenen Bezug, den schwarzen Dreieckslacktisch davor, die traurigen Dracaenen mit den lustigen roten Einsteckteufelchen, Martinas Schreibtisch mit dem PC. Das vergilbte Mobile schaukelt leicht im Luftzug vor dem Fenster. Martina kommt aus der Balkontür ins Zimmer und nimmt Lothar die Bäckertüte aus der Hand, die er ihr entgegenstreckt.

Lothar hat komischerweise keine Angst, er schämt sich auch nicht, so wie es eigentlich sein müsste.

»Ich habe gelogen, ich habe gestohlen«, sagt Lothar und versucht, cool zu bleiben. »Ich bin so etwas wie ein Krimineller, ich werde im Knast landen«, das sagt er mehr zu Martina hin. »Im Knast werde ich natürlich Gedichte schreiben – und viel Zeit zum Lesen haben.«

»Zieh dein Hemd aus«, sagt Jan-Jakob. Lothar versteht nicht genau, worauf das alles hinauslaufen soll. Vielleicht wollen sie zu zweit irgendwelche Sauereien mit ihm anstellen. Egal, es ist völlig egal. Es kommt auf nichts mehr an. Seine Arme schmerzen, während er das Hemd über den Kopf streift. Jede Stelle an seinem Körper tut ihm weh. Lothar denkt, dass er gar keinen Körper mehr hat, wahrscheinlich ist alles Mögliche an ihm kaputt und funktioniert nicht mehr, aber das interessiert keinen Menschen auf der Welt. Er ist ein Lügner und ein Dieb. Er hat keinen Anspruch auf irgendein Mitleid.

Jan-Jakob tritt näher zu ihm. »Sieh dir das an, Martina. Wie du gesagt hast.«

Schweigend und stumm stehen sie beide vor ihm. Lothar begreift, mit einem wie ihm wird niemand Sauereien begehen. Sie finden ihn jämmerlich und lächerlich, alles an ihm ist lachhaft. Gut, das muss er eben auch noch aushalten, unsympathisch und mies, wie er ist.

»Ich werde Fotos machen«, sagt Jan-Jakob. Martina nickt.

»Bitte keine Fotos«, murmelt Lothar matt. Er denkt an seine geschwollene Unterlippe. Er sieht so schlecht aus wie nie. Cool ist anders. Jan-Jakob ist braun gebrannt und sportlich durchtrainiert. Sieht aus, als sei er gerade aus dem Schwimmbad gekommen und im Begriff, auf sein Rennrad zu steigen. Selbst die Birkenstocks an seinen Füßen sehen edel aus. Ein Mann, an dem alles stimmt, stellt Lothar für sich fest. Was aber will so einer von ihm, Lothar? Warum verschwendet er seine kostbare Schwimmbadzeit mit einem Halbkriminellen wie ihm? Oder ist er nur zufällig gerade vorbeigekommen?

»Dieses Schwein von Vater hat ihn krankenhausreif geprügelt«, sagt Jan-Jakob.

»Und fühlt sich noch im Recht«, sagt Martina. »Und ich bin schuld, ich blöde Kuh bin schuld.« Martina weint. Lothar sieht mit fassungslosem Entsetzen, wie sie die Brille absetzt, sich auf das Sofa hockt und losheult. Jan-Jakob geht in die Küche, und Lothar sieht ihn mit Wasserkessel und Teekanne hantieren. Er wagt nicht, sich neben Martina auf das Sofa zu setzen, und hockt sich statt dessen auf den Boden zu ihren Füßen. Sie reicht ihm eine mit Puderzucker bestäubte, warme Waffel herunter. Er beißt hastig hinein aus lauter Verlegenheit, während sie weiter vor sich hin weint. Lothar schafft es nicht, sie anzusehen. Er schaut auf den Teppichboden, nach vorne, wo Martinas Schreibtisch steht, und auf die Töpfe mit den nicht ganz regelmäßig gegossenen Dracaenen. Vielleicht müsste er etwas sagen oder erklären, aber er bringt kein Wort heraus.

»Danke für die Nusshörnchen«, sagt Martina in das Schweigen hinein. Ihre Stimme ist wieder fast normal.

Jan-Jakob bringt ein Tablett mit Tee und Bechern und gießt Lothar ein, ohne ihn zu fragen, ob er bei dieser Hitze Lust auf Tee hat. Lothar trinkt und verbrennt sich die Lippen dabei.

»Du kannst nicht zu Hause bleiben«, sagt Jan-Jakob. »Es ist lebensgefährlich für dich. Martina hat schon den Bericht für das Jugendamt geschrieben. Wir haben die Situation seit Spanien damals beobachtet. Und jetzt steht endgültig fest, dass es so nicht weitergeht.«

Jedes Wort trifft Lothar wie ein Schlag.

»Wir werden Anzeige wegen Körperverletzung gegen deinen Vater stellen. Wiederholte Kindesmisshandlung...«

Anzeige, Kindesmisshandlung... Lothar begreift es nicht gleich. Und dann, er ist kein Kind mehr. Irgendein Richter wird ihn befragen, und was auch immer er sagt, jeder weiß doch, dass er dauernd lügt. Alban wird sofort auf den Punkt kommen, dass man Lothar überhaupt nichts glauben darf. Jutta wird es bestätigen. Lothar sinkt innerlich wieder zusammen. Es ist sinnlos. Martina weiß es nur noch nicht. Sie kennt Alban nicht so gut wie er. Man kann Alban nicht einfach austricksen. Alban ist stärker und raffinierter als alle, die etwas gegen ihn unternehmen wollen.

»Ich habe ziemlich dumme Dinger gedreht. Ich glaube nicht, dass man Alban anzeigen kann wegen irgendetwas. Er hat sich furchtbare Sorgen um mich gemacht...«

»Er hat dich mehrfach fast umgebracht«, sagt Martina.

Und wenn schon. Darum geht es doch gar nicht. Auf keinen Fall darf man Alban in Wut bringen, dann wird alles nur noch schlimmer. Lothar fängt an zu weinen. Das sagt sich alles so leicht für Leute, die nicht bei Alban und Jutta wohnen. Er ist der, der wieder zurückgehen wird und vor Alban Rede und Antwort stehen muss.

»Es hat wirklich keinen Zweck«, sagt Lothar.

»Du und ich«, fängt Martina wieder an, »wir gehen zusammen zum Jugendamt und du erzählst der Sachbearbeiterin, wie das mit dir und Alban war. Die Sache mit Spanien ist sehr wichtig. Die musst du auch erzählen. Du brauchst keine Rücksicht auf deinen Vater zu nehmen. Dr. Winterstein hat sich mit mir in Verbindung gesetzt oder besser gesagt, ich habe mich mit ihm getroffen. Wir sind einer Meinung. Er wird ebenfalls ein Gutachten über deinen Zustand schreiben. Dr. Winterstein ist Aleikas Vater. Sie lebt jetzt mit ihrer Mutter und ihrem Bruder woanders. Ihre Mutter hat einen anderen Mann geheiratet und, na ja, du wirst sie alle kennen lernen.«

»Ich bin nicht bescheuert. Ich habe keinen Hirnschaden«, sagt Lothar. Er ist der, der es ausbaden wird. Alles läuft wieder schief, er merkt es ganz genau. Big Jensen wird froh sein, ihn endlich von der Schule verweisen zu können, Lothar Liegle, den Dieb, der das *Große deutsche Gedichtbuch* gestohlen hat. Dann steht er da, ohne Abi, mit einem Vermerk im Abschlusszeugnis, dass er lügt und stiehlt, und er bekommt im ganzen Ort keine Lehrstelle und gar nichts. Nicht mal drüben im Hamburgerrestaurant werden sie ihn einstellen.

»Von Hirnschaden war nicht die Rede«, sagt Martina.

»Aber es war die Rede davon, dass ich von der Schule fliege«, sagt Lothar und spürt die nackte Angst. Wo soll er hin, wenn er nicht mehr in die Schule darf? Wer wird ihn wollen, wer wird ihn brauchen?

»Herr Jensen hat den Vorschlag gemacht, dass du bei Aleika Winterstein vorbeigehst, dich entschuldigst und ihr das Buch zurückbringst. Wenn du dich dazu durchgerungen hast, ist die Sache für ihn erledigt.«

Lothar denkt darüber nach. Für Big Jensen ist sie dann erledigt, soll wohl heißen, dass er auf der Schule bleiben kann und Abi machen darf, geradeso als sei nie etwas vorgefallen. Gott, zu Aleika Winterstein gehen und ihr das Buch zurückbringen. Er weiß nicht, wie er das überleben soll.

»Lothar, du musst dich darauf einlassen. Sonst fliegst du wirklich von der Schule. Mit sechzehn hat man eine gewisse Verantwortung für das, was man tut. Du musst der Tatsache ins Auge sehen, dass du dieses Mädchen bestohlen hast. Aleikas Mutter ist Amerikanerin, sie sind alle sehr locker. Ihr neuer Mann ist Mexikaner, ich habe die ganze Familie kennen gelernt. Sie werden sehr nett zu dir sein. Wir haben lange miteinander gesprochen.«

O nein, denkt er. Er kann es einfach nicht tun.

»Denk mal an deine Freunde. Glaubst du, die werden verstehen, dass du wegen Dickköpfigkeit, Dummheit und Stolz von der Schule geworfen wirst?«

Sie werden jeden Morgen zur Schule gehen und er wird um

neun sein zweites Frühstück bei Tante Franzi einnehmen, ehe er wieder in den Stall geht, um auszumisten und die Kälber zu füttern. Das Kraftfutter steht im Gang seitlich vor der Dusche, und das Sojafutter für die Schweine ist in der großen Blechtonne. Er wird den Hof übernehmen, wenn es soweit ist, wenn Tante Franzi es nicht mehr allein schafft. Landwirt Lothar. Abends wird er in seinem Zimmer unter der Gaube sitzen und Gedichte schreiben oder lesen oder einfach nur so nach den Sternen gucken.

»Komm, Lothar, nimm Verstand an. Wenn du noch mal drüber geschlafen hast, wirst du es selbst einsehen. Ich gebe dir Aleikas Adresse, du rufst vorher bei ihr an, um einen Termin auszumachen. Dann gehst du hin, und das ist alles. Du hast dieses Buch wirklich –«

Sie spricht das Wort nicht noch einmal aus. Ist schon klar. Sollte sie es zum zweiten Mal aussprechen, wird er auf der Stelle tot zusammenbrechen. Lothar nickt kraftlos. Martina hat in der Sache mit Aleika recht. Um das Buch tut es ihm leid. Aber darum geht es schließlich nicht. Das mit Aleika wird er tun. Aber Alban bei der Frau vom Jugendamt anschwärzen, das will überlegt sein. Alban wird ihn umbringen. Vielleicht bringt er auch Jutta um, Jutta, die an allem ganz unbeteiligt ist. Lothar denkt, dass er eine Verantwortung Jutta gegenüber hat. Wegen ihr muss er es aushalten, notfalls bis er tot ist. Das Risiko muss er eingehen.

»Hier und heute hast du noch keinen Hirnschaden. Aber das ist fast ein Zufall«, sagt Jan-Jakob. »Morgen schon sieht es vielleicht anders aus. Willst du das riskieren?«

»Alles gut und schön«, entgegnet Lothar. »Aber wo soll ich denn hin? Wo soll ich denn wohnen, wenn nicht bei meinen Eltern?«

»Darüber habe ich mit den Leuten vom Jugendamt schon gesprochen. Es gibt hier in der Stadt so eine Art betreute Wohngemeinschaft. Da wäre noch ein Platz frei. Ein Sozialarbeiter kümmert sich um euch. Ihr lebt dann zu viert in einer großen Wohnung, zwei ältere Jungen und ein Mädchen.«

Und Jutta? Um Himmels willen, was wird dann aus Jutta? Sie lebt dann allein mit Alban. Und wenn er sie in der Stadt trifft, was dann? Vielleicht verbietet ihm die Frau vom Jugendamt, jemals wieder mit Jutta zu reden.

»Könnte Jutta vielleicht auch in die Wohnung mitkommen?« fragt Lothar vorsichtig.

»Die werden sich riesig freuen. Am besten zieht Alban gleich mit zu euch, damit euch einer sagt, wo's lang geht. Dann habt ihr's richtig nett. Lothar, jetzt begreif doch mal, deine Mutter ist ein erwachsener Mensch. Sie kann jeden Tag ausziehen. Das hätte sie längst tun sollen. Spätestens nach der Sache in Spanien hätte sie mit dir zusammen die Wohnung verlassen sollen.« Martina sagt es und Jan-Jakob nickt dazu. Es ist wie eine Verschwörung gegen Jutta, denkt Lothar. Dabei wird er nicht mitmachen.

»Sie hat noch nicht einmal den Versuch gemacht, Alban zu verlassen. Sie hat ihm nicht einmal Vorwürfe gemacht, vermute ich. Sie hat nichts für dich getan, begreif das mal.«

»Sie haben etwas gegen meine Mutter«, sagt Lothar. »Sie sind ungerecht und brutal. Meine Mutter tut alles für mich. Sie strickt mir Pullover und sie macht sich ziemliche Sorgen um mich.«

Martina und Jan-Jakob schweigen. Leben ist radikale Einsamkeit, der Satz fällt Lothar wieder ein. Damals hat er ihn nicht verstanden. Oder eigentlich hat er ihn nicht geglaubt. Jeder hat doch schließlich ein paar Freunde, die zu ihm halten, einen Vater, eine Mutter, eine Großmutter, einen Großvater.

Und er hat das Gespenst und Fabian-Batman, die ihm beistehen, wenn er es nicht mehr aushält. Immerhin.

»Leben ist radikale Einsamheit«, sagt Lothar. »Ist von Ortega y Gasset, steht in meinem Spanischlehrbuch.«

Das Haus ist um die Jahrhundertwende erbaut. Es ist verklinkert und altmodisch. Im Vorgarten stehen große Hortensiensträucher mit grünrosa Blütenständen. Sie sind zu dritt hingegangen, Lothar, Martina und die für ihn zuständige Frau vom Jugendamt. Sie heißt Emma Kunz. Schwarze Brille, kurze rote Haare und am rechten Ohr ein schriller, dreieckiger Metallohrring. Unter anderen Umständen an einem anderen Ort könnte er sich in eine Frau wie sie verlieben. Aber das ist nicht das Thema. Lothar ist für Emma Kunz ein Fall auf zwei oder drei Din-A4-Seiten geworden unter L. Die Rollen sind klar. Lothar ist das arme Schwein, dem geholfen werden muss. Emma Kunz ist die Frau, die weiß, wie man vorgeht in derartigen Fällen. Lothar fühlt sich hundeelend, wenn er sich klar macht, dass er jetzt ein öffentlich anerkannter Fall von armem Schwein ist, dem eine schöne Frau vom Jugendamt gemeinsam mit dem braun gebrannten Jan-Jakob Vogt und Martina Reinke beistehen.

Er kann tolle Gedichte und die aufregendsten Aufsätze selbst über ganz langweilige Themen schreiben. Er kann Sachen schreiben, über die Martina sich totlacht oder wütend wird, je nachdem.

Hier und jetzt ist Lothar nur noch armer, geprügelter Typ. Alles, was er sonst ist und sein wird, interessiert nicht mehr.

»Das ist das Haus.« Martina schreit es fast. »Möchtest du sehen, wie es innen aussieht?«

Er möchte nicht hineingehen. Er ist sich absolut sicher, dass er nicht dort wohnen will. Martina und die Sachbearbeiterin für die Fälle mit L sind glücklich, dass sie eine Lösung für den Fall Lothar Liegle gefunden haben.

»Klar«, sagt Lothar gedehnt. Ihm tut immer noch alles weh. Er fühlt sich matt. Selbst wenn er wollte, er könnte sich über gar nichts freuen oder begeistern. Er ist kaputt, sonst nichts.

Sie erwarten von ihm, dass er sich auf seine neue Heimat freut. Sie sind die, die sich freuen. Sie sind die, die dem armen

Lothar aus seiner Hölle herausgeholfen haben. Das lassen sie ihn spüren. Lothar hat große Lust, einfach fortzurennen. Aber das geht nicht mehr. Er hat das Protokoll unterschrieben. Er hat Frau Kunz vom Jugendamt zu viel von Alban erzählt. Wahrscheinlich schicken sie jetzt eine Kopie von all dem, was er gesagt hat, an Alban, und Alban soll dazu Stellung nehmen. Das ist Lothar sofort eingefallen, nachdem er unterschrieben hatte.

Das Haus steht in einer ruhigen Straße, von der aus man auf die Alb sehen kann. Auf beiden Seiten stehen fast nur solche alten Häuser aus rotem und beigem Backstein.

»Die Wohngemeinschaft ist im Erdgeschoss«, sagt die Frau vom Jugendamt. »Ein Zimmer ist leer, weil dein Vorgänger ausgezogen ist.«

Lothar überlegt, was mit seinem Vorgänger wohl war. Ob er auch einen gewalttätigen Vater hatte oder drogensüchtig war oder aus der Haft entlassen wurde?

»Wir müssen jetzt einfach rein«, sagt Martina, so als wollte sie sagen: Ich kann es kaum abwarten. Für Martina ist es überhaupt keine Frage mehr, dass er dort wohnen wird.

Es ist eine Altbauwohnung mit einer Eingangstür, die ein gardinenbezogenes Fenster hat. Alban wirft sich nur einmal dagegen, dann springt sie auf und Alban steht im Flur. Der Flur ist groß und hat einen Belag aus Kokoszeug. Auf einem Tischchen in der Ecke steht ein Telefon. An der Garderobe hängt ein roter Bademantel, sonst nichts. Die große Küche ist nicht besonders aufgeräumt. Eine dunkelgraue Katze streift an ihnen vorbei.

»Und das ist das Zimmer«, sagt die Jugendamtsfrau und öffnet eine Tür.

Das Zimmer ist fast leer bis auf eine Liege an der Seite und einen Riesenfarn vor dem Fenster. Der Teppichboden ist verdreckt. Lothar weiß nur eins. Da will er nicht hin.

»Es ist ein tolles Zimmer.« Martina ist völlig durchgedreht.

»Du bist hier sicher. Hier kann Alban dich nicht zusammenschlagen.«

Alban wird ihn überall finden und zusammenschlagen. Martina macht sich keine Vorstellung davon, wozu Alban fähig ist. Alban ist schließlich kein Idiot. Alban wird Lothar hier finden und eben hier umbringen.

Dann stehen sie wieder draußen vor dem Zaun mit dem schmiedeeisernen Gitter mit den spitzen Stäben.

»Ich geh Farbe einkaufen für die Renoviererei«, sagt Martina plötzlich. »Die Farbe kriegst du von mir.«

»In unserem Etat ist noch etwas Luft drin«, sagt die Jugendamtsfrau. »Wir können noch ein bisschen Geld lockermachen für einen Schrank und einen Schreibtisch.«

Lothar fühlt sich matt und traurig. »Ich brauch keine Farbe. Ist doch eh alles egal«, sagt er.

»Jan-Jakob ist zu Hause. Ich fahre jetzt zum Supermarkt und du kannst wieder zu mir rübergehen. Soll ich dir den Schlüssel geben?«

Er schüttelt den Kopf. »Heute Nacht bleibe ich bei Berthold Merkelbach. Ich nehme den Bus. Wir sehen uns dann ja morgen in der Schule.«

»O je, dem geht's doch auch ziemlich schlecht zur Zeit, wegen dem Mist mit seinem Vater«, sagt Martina und sieht erschrocken aus. Lothar hört es gerade so, nimmt es aber nicht richtig wahr. »Also ruf bei Aleika an.«

»Mach ich, und danke noch mal für alles.«

»Brauchst du Geld?«

»Danke, für den Bus reicht's gerade noch.« Er wird Berthold anpumpen. Berthold hat immer Geld genug.

12. Aleika

Der Rücken und die Arme tun ihm weh von der Renoviererei. Eigentlich hätte er sich noch die Haare waschen müssen. Er fühlt sich hundeelend aus mindestens drei verschiedenen Gründen. Die Hauptarbeit haben die andern gemacht, vor allem Jan-Jakob und Martina. So gründlich hätten sie es gar nicht machen brauchen. Und das mit der großen Party nachher heute Abend findet er auch übertrieben. Die aus seiner Klasse müssen es wirklich nicht alle ganz genau mitbekommen. Aber so ist es jetzt gelaufen. Das Unglück muss über einem Menschen nur richtig zuschlagen, schon ist er zur öffentlichen Person geworden. Fehlt gerade noch, dass in der Schülerzeitung ein Bericht mit Bildern von der Party erscheint. WIE LOTHAR LÜGENGESICHT EIN NEUES LEBEN BEGANN. Zweifellos erscheint auch Emma Kunz, schick gemacht, und hält eine kleine Begrüßungsrede. Ich freue mich, dass alles so schnell gegangen ist und so reibungslos geklappt hat. Dafür müssen wir besonders Jan-Jakob Vogt und Martina Reinke danken, außerdem seinen Klassenkameraden –

Martina hat ein altes Hemd von Jan-Jakob übergezogen und ein lächerliches weißes Sonnenhütchen, wie es ältere Damen am Strand in Spanien tragen.

»Ich finde, er braucht auch einen neuen Teppichboden.«

»Bitte nicht«, sagt Lothar. »Ich will keinen neuen. Der alte hier ist noch ganz brauchbar.«

Martina will eigentlich widersprechen, aber dann tut sie es doch nicht. Jan-Jakob wirft ihr einen ärgerlichen Blick zu.

»Erst war es Mitleid, dann wurde es Liebe«, flüstert Vanessa Lothar ins Ohr und kichert dabei so albern, dass alle es hören müssen. »Jan-Jakob ist eifersüchtig. Pass nur auf, Martina Reinke dreht heute noch durch.«

»Wenn du zurückkommst in deine Wohnung, gibt es eine Überraschung. Also bitte, komm nicht zu spät. Wir müssen es schließlich feiern! Lothar, du hast jetzt eine eigene Wohnung!«

Jeder sieht, dass mit Martina heute irgendetwas nicht mehr stimmt.

»Kommt mir so vor, als ob es mehr eure Wohnung ist«, kann Lothar sich nicht verkneifen zu sagen. Sie gucken ihn alle komisch an und verstehen nicht, was er damit meint.

»Das ist jetzt deine Dichterhöhle«, fängt Martina wieder an. Und sie hätte noch eine Kiste mit Büchern für ihn im Kofferraum. Die könnte er dann in den nächsten Tagen in das Ikea-Regal einräumen.

Jan-Jakob grinst verlegen, Martinas Begeisterung ist ihm nicht ganz geheuer. Genau genommen finden alle, dass sie übertreibt.

»Wir gehen jetzt nach Hause und bereiten so einige Dinge vor. Und wenn du dann heute Abend zurückkommst...«

»Du hast doch den Schlüssel?«, fragt Jan-Jakob.

Lothar hält den neuen Schlüsselbund hoch.

»Du musst immer abschließen, das ist ganz wichtig. Die Haustür, die Wohnungstür und deine Zimmertür. Ehe du ins Bett gehst, schließt du deine Zimmertür ab.«

Jan-Jakob ist ein ziemlich kluger Typ. Jan-Jakob schätzt die Sache absolut richtig ein.

Lothar hat den Bus genommen. Er hat sich immer noch nicht getraut, Pegasus zu holen. Ohne Pegasus kommt er sich vor wie ein Mensch, der auf Krücken gehen muss.

Aleika Winterstein wohnt in einem Vorort Richtung Alb. Er ist pünktlich und beinahe stolz darauf. Aleika trägt Jeans, schwarze Lackschuhe und ein kariertes Hemd. Sie ist nicht geschminkt. Ihr lockenköpfiger kleiner Bruder Toby hat zwei Gläser geholt und schenkt ihnen je eine Cola aus. Der Pudel beschnuppert Lothars Schuhe.

Sie nehmen Platz auf dem Sofa unter dem runden Teppich mit dem Lama. Das Buch liegt auf dem Tisch zwischen ihnen. Lothar hat es in die Mitte gelegt.

»Big Jensen hat dich gezwungen, hierher zu kommen, stimmt's?«, fragt Aleika.

Lothar nickt, sagen kann er nichts.

»Es tut mir leid, dass du so viel Ärger gehabt hast. Es muss schlimm für dich gewesen sein. Die Reinke hat mit mir gesprochen. Ich weiß jetzt ziemlich genau über dich Bescheid.«

Hoffentlich nicht, denkt er.

»Sie hat mir erzählt, dass du sehr gute Gedichte schreibst und dass sie dir versprochen hat, dich für einen Buchpreis vorzuschlagen.«

Auch dazu kann Lothar nichts sagen. Es ist ein Gefühl wie Juttas »Arme Ritter« im Mund. Aleika muss die dicke Lippe sehen und die grünen Flecken in seinem Gesicht. Vielleicht sieht sie sie auch nicht. Vielleicht denkt sie, er sieht immer so aus.

Sie sieht ihrem Vater überhaupt nicht ähnlich.

»Ich bin bei deinem Vater in Behandlung«, sagt Lothar. »Ich wusste nicht, dass es dein Vater ist. Dabei steht ein Foto von dir bei ihm im Zimmer. Ich habe mindestens schon achtmal draufgesehen.«

»Du siehst ihn wahrscheinlich öfter als ich«, sagt sie.

»War er bei der Preisverleihung da?«

»Er hatte keine Zeit. Er hat immer keine Zeit, wenn etwas Besonderes los ist. So ist er eben. Und außerdem findet er es normal, dass ich Buchpreise bekomme. Bis jetzt hatte ich jedes Jahr einen. Das regt ihn nicht weiter auf.«

»Meine Tante und meine Mutter haben sich riesig gefreut. Es war der erste Buchpreis, den ich zustande gebracht hatte.«

»Und dein Vater – hat der sich nicht gefreut?«

Lothar kann dazu nichts sagen. Alban hat sofort gewusst, dass Lothar in Wirklichkeit kein Preisträger war. Alban hat es in der Nase gehabt.

»Also auch so einer wie meiner?«

Lothar hat keine Lust, ausgerechnet hier und jetzt seine Vatergeschichten auszubreiten. Aleika und Dr. Karl Eugen Winterstein mögen ein Problem haben, aber es liegt auf alle Fälle anders. Aleika klaut und lügt nicht, und Vater Winterstein prügelt sie jedenfalls nicht.

»Sie hätte dir eben wirklich einen Preis zukommen lassen sollen. Erst versprechen und dann nicht halten. Das ist link von der Reinke. Ich würde es ihr sagen an deiner Stelle.«

»Ich hab's mir selber vermasselt«, sagt Lothar und denkt an das blöde Getue mit den Gedichten und den falschen Namen.

Aleika scheint fest entschlossen zu sein, es ihm so leicht wie möglich zu machen. Lothar sagt, was er sagen muss. Es geht ganz leicht.

»Es tut mir echt leid«, sagt Lothar. »Ich entschuldige mich. Ich war ein Idiot. Und außerdem hab ich dir die Preisverleihung vermasselt.«

»Hör auf mit dem dummen Gesülze. War doch ganz gagig, wie du Big Jensen blamiert hast. Klar, dass der große Mann das anders sieht.«

Sie trinkt ihre Cola auf einen Zug leer. Lothar fürchtet und hofft zugleich, dass damit alles erledigt ist.

»Klauen finde ich irgendwie widerlich«, sagt Aleika plötzlich. »Einmal habe ich auch geklaut. Im Supermarkt ein Matchboxauto für Toby, weil er so rumgebrüllt hat. Ich hatte kein Geld mehr dabei und Toby hat wie am Spieß gebrüllt. Da hab ich es geklaut. Ich hab es aber gebeichtet hinterher, wir sind katholisch.«

Vermutlich erwartet sie, dass er etwas dazu sagt. Toll, dass du das Problem auch mal hattest, oder so etwas. Lothar bringt nichts heraus. Heute ist sein Idiotentag. Was soll er schon dazu sagen, er, der Albans Lederjacken auf die Seite geschafft hat. Lothar Lügengesicht, Lothar der Dieb.

»Ich kann dich verstehen«, sagt Aleika. »Bücherklauen – das

ist etwas, was ich – beinahe – verstehen kann. Und dann noch vor der Nase der ganzen Schule. Also das war todesmutig.«

Jedes Wort, das sie sagt, ist wohlerzogen, nett und manierlich und kommt aus einer besseren Welt. Ein bisschen hat sie etwas von einer Wichtigtuerin. Die ganze Wohnung strahlt aus, dass es hier nett und freundlich zugeht. Abends sitzt die Familie auf diesem Sofa unter dem Lamateppich, der Vater hat den kleinen Sohn auf dem Arm, Toby ist eingeschlafen und lächelt im Traum, die Mutter hat sich an ihre Tochter etwas angelehnt. Die Tochter streichelt den Arm ihrer Mutter. Vater Gonzales schaut herüber und sagt: »I am so proud of you, Aleika honey.« Er lächelt seine Frau an. Sie strahlt zurück. Von der Küche her duftet es nach einem Auflauf, der im Backofen bräunt...

»Ihr seid so etwas wie eine glückliche Familie«, sagt Lothar. »Bei euch sieht es so aus wie bei glücklichen Menschen.« Joana, Paco, Toby, Aleika und der Pudel im Reihenhaus.

»Und wie sieht es aus bei glücklichen Menschen?«, fragt Aleika.

»So«, sagt er.

Sie lacht. »Du bist ein ziemlicher Spinner«, sagt sie. »Kein Mensch sieht, wie es hinter der geschlossenen Haustür aussieht. Nur die, die drin sind in der Wohnung, können etwas drüber sagen.« Sie setzt die Streberbrille ab und legt sie auf den Couchtisch. »Glückliche Menschen stelle ich mir eher blöd vor. Ich mag solche, die leicht verrückt sind. Mit denen ist es auf alle Fälle lustiger. Ich würde lieber bei meinem richtigen Vater wohnen. Manchmal habe ich einen Hass auf ihn. Aber bei ihm ist es schöner. Schon die Wohnung, die Wohnung ist verrückt –«

Lothar erinnert sich – garantiert alles in Weiß.

»Er ist unheimlich schlampig, er räumt nie auf, und die Haushaltshilfe darf nur in die Küche, und seine zweite Frau ist genauso. Du kommst einfach nicht durch, wenn du vom Flur ins Wohnzimmer willst. Überall Stöße mit nicht abgehefteten

Rechnungen und solches Zeug, gammeliges Toastbrot und Katzenfutter. Es ist widerlich.«

»Alles in Weiß«, sagt Lothar. Soll eher ein Witz sein.

»Ach Quatsch, wer hat dir das erzählt? Alles in Staub und uralte Möbel. Und seine Töchter, weißt du, was die machen? Sie haben Mäuse und beißen sie in den Schwanz, stell dir das mal vor.«

Lothar stellt es sich nicht vor, es interessiert ihn nicht. Es ist auf alle Fälle anders, als er es sich vorgestellt hat.

»Immerhin ist er toll zu seinen Patienten«, sagt Lothar.

»Bild dir keine Schwachheiten ein. Er verachtet sie alle. Er macht den Job nur, weil er Geld dafür kriegt«, sagt Aleika. Lothar ist es egal.

»Ich muss wieder gehen«, murmelt er.

»Nimm das Buch mit. Ich will es nicht haben. Wir gehen wieder in die Staaten zurück, in ein paar Monaten. Ich kann unmöglich alles mitnehmen.«

»Aleika ist ein affengeiler Name«, sagt Lothar sozusagen abschließend.

Aleika verzieht das Gesicht. »Offiziell, wenn mich einer fragt, ist es der Name einer winzigen griechischen Insel, wo meine Eltern ihre Flitterwochen hingelegt hatten. Weißt du, was es wirklich ist?«

Lothar bemüht sich, intelligent auszusehen. Wahrscheinlich gelingt es ihm nicht.

»Also, es ist ziemlich hart. Ich bin dahintergekommen, dass es der Name der Couchgarnitur ist, auf der sie es gemacht haben, als ich erzeugt wurde.«

»Wie kann man so was rausfinden?«

»Sie haben einen Aktenordner mit allen Rechnungen über ihre Haushaltsgeräte und Möbel. Da habe ich es gefunden. Wow, damit muss ich leben. Diese Schweine von meinen Eltern haben mir jahrelang auf die Nase gebunden, es gebe eine Insel namens Aleika irgendwo unten in der Ägäis. Und ich habe immer gesagt, wir sollten mal alle zusammen hinfliegen, wenn es dort so toll war.«

Lothar stellt sich Dr. Karl Eugen Winterstein mit Aleikas Mutter auf der Couch vor, während der Fernsehapparat läuft und der weiße Pudel an der Tür kratzt.

»Irgendwann kommt alles raus. Jedes Geheimnis«, sagt Lothar, wieder weiser alter Guru. »Es gibt keine Geheimnisse, nur Wahrheiten. Aber manchmal dauert es.«

»Du bist ein komischer Spinner«, sagt Aleika. »Wenn wir in Florida sind, schreib ich dir. Dann verlerne ich mein Deutsch nicht ganz.«

Sie lehnt sich an den Türpfosten und setzt hinzu: »Und du schreibst mir sicher auch.«

Er nickt hastig. Klar, wird er.

»Und du wirst noch oft zu meinem Vater in die Praxis müssen.«

»Hoffentlich nicht.«

»Bitte, schreib mir alles, was er erzählt, ja. Ich will alles von ihm wissen, jedes Detail.«

»Du hast gesagt, du hast einen Hass auf ihn.«

»Ich habe gesagt, dass ich in manchen Momenten einen Hass auf ihn habe. Das ist etwas anderes.«

Der Pudel winselt und bettelt. Er glaubt, Aleika geht gleich mit ihm raus. Aleika greift nach der Hundeleine, die neben der Tür hängt.

»Dann ist da noch was, worauf du achten musst. Ich habe meinem Vater eine ziemlich verrückte Krawatte geschenkt, so eine mit kleinen roten Clowns. Schreib mir, ob er sie manchmal anhat.«

13. Jutta, grau

Lothar steht draußen. Er hört den Hund hinter der Tür bellen. Er hört Aleikas zärtliche beruhigende Stimme. Das war es. Das war schon alles. Er hat es geschafft. Big Jensen kann ihn nicht mehr von der Schule werfen. Er ist kein Dieb mehr. Er hält das *Große deutsche Gedichtbuch* in den Händen. Jetzt gehört es ihm. Aleika hat es ihm geschenkt. Sie trägt ihm nichts nach. Er wird ihr Briefe nach Florida schreiben.

Auf der anderen Straßenseite ist eine Telefonzelle. Lothar geht hin und wählt. Wenn Alban drangeht, wird er sofort auflegen.

Es ist Juttas Stimme, die sich meldet, zart und zittrig.

»Ich bin's, Lothar«, sagt er. »Ich hab's geschafft. Ich kann auf der Schule bleiben. Jutta, bitte bleib dran, leg nicht auf.«

»Ich leg nicht auf«, sagt Jutta am anderen Ende.

»Jutta«, sagt er. »Ich hab dich ganz lieb. Für dich tu ich alles.«

»Das weiß ich«, sagt Jutta mit ersterbender Stimme.

Lothar kann nichts sagen.

»Komm heim«, sagt Jutta. »Alban tut dir nichts, ich schwör's dir, aber komm bitte heim.«

»Ich bin gleich da«, haucht Lothar in die Leitung. »Ich komm mit dem nächsten Bus. Dann erklär ich dir alles.«

Jutta steht schon in der Tür, als er kommt. Auf dem Weg nach Hause hat Lothar sich zurechtgelegt, was er sagen wird. Punkt eins, er wird ihr nicht um den Hals fallen. Punkt zwei, er erklärt ihr alles, packt seine Sachen zusammen und fährt auf Pegasus zurück zum Haus in der Neuffenstraße, wo alle auf ihn warten. Punkt drei, er gibt ihr auf gar keinen Fall die neue Adresse. Sie soll beim Jugendamt anrufen, wenn sie etwas von ihm will.

Jutta schaut ihn groß an. Sie sieht nicht mehr verweint und verängstigt aus, und ihre Stimme ist kräftiger und klarer, als sie je war.

»Das geht nicht, Lothar«, sagt sie. »Du bleibst hier bei uns. Du gehst morgen zum Jugendamt hin und nimmst alles zurück. Ich hab mich erkundigt, man kann so etwas wieder zurücknehmen. Die haben dich unter Druck gesetzt. Du bist ein guter Junge. Von dir aus hättest du so etwas nie gesagt und nie unterschrieben. Das ist so etwas Ähnliches wie das mit den Haustürverkäufen. Man muss sich nur dagegen wehren.«

Lothar fühlt sich sehr stark. Drüben in der Neuffenstraße warten sie auf ihn. Sein neues Zimmer ist frisch gestrichen. Er lacht kurz und höhnisch.

»Alban hat mich so ungefähr krankenhausreif geschlagen. Und damals in Spanien hat er mich fast umgebracht.«

»Wer hat das gesagt?«

»Es ist so. Warum bist du damals nicht zur Polizei gegangen?« Lothar schreit es. »Du hast alles mit angesehen. Du hast es zugelassen.«

»Du lügst. Du weißt genau, dass du nur unglücklich ausgerutscht bist. Alban weiß genau, wie weit er gehen kann. Er hat dich noch nie krankenhausreif geschlagen. Er hat dir manchmal zu deinem Besten eine hinter die Ohren gegeben. Lothar, du lügst immer so furchtbar. Du übertreibst alles maßlos.«

Lothar sagt nichts.

»Dass die beim Jugendamt dir überhaupt geglaubt haben. Die Reinke steckt dahinter. Die Reinke hat dich aufgehetzt. Die Reinke hat sich auf unsere Kosten groß aufgespielt. Die will befördert werden, sonst nichts. Und dafür hat sie dich benutzt. Du bist zu gutmütig und du fällst immer auf alles rein ... Er prügelt uns doch nicht. Dein Vater ist kein Prügelvater. Er scheuert uns manchmal eine. Das ist etwas ganz anderes.«

Lothar rührt das Stück Kubatorte vor sich nicht an. Ihm ist schlecht.

»Ich hab auch noch Nusshörnchen für dich da«, sagt Jutta. »Ich kann sie im Backofen für dich aufwärmen, dann schmecken sie besser.«

»Ich kann nichts Süßes mehr essen«, sagt Lothar, und es ist die Wahrheit.

Seit ein paar Tagen bringt er keine süßen Sachen mehr runter. Nicht mal Schokoküsse gehen mehr. Zuerst hat er gedacht, es ist der Stress. Aber es muss etwas anderes sein. In diesem Moment weiß er, dass er nie mehr etwas mit all diesem süßen, klebrigen Zeug, das er über Jahre in sich hineingestopft hat, anfangen kann. Er denkt, dass er die Kubatorte nachher vom Teller in den Mülleimer kratzen und irgendetwas anderes drüberschütten wird.

»Ich mach mir ein Leberwurstbrot«, sagt er.

»Jetzt wirst du auch noch krank«, sagt Jutta. »Das fehlt gerade noch, jetzt, wo wir es wieder so schön haben.«

Das Telefon klingelt.

Das Telefon hört nicht auf zu klingeln. Es ist ein forderndes Klingeln. Es ist Martina. Es kann nur Martina sein. Martina steht im Flur des Hauses in der Neuffenstraße, in diesem großen Flur mit dem Belag aus Kokoszeug, und hält den Hörer in der Hand. Ihr Gesicht ist fleckig vor Aufregung. Neben ihr steht Emma Kunz. Sie haben alles mit Luftballons dekoriert. Es duftet nach selbstgemachten Salaten und frischem Brot. Vanessa, Berthold und Mirko, Jennifer und Julian, einfach alle sind gekommen und warten auf ihn.

Er muss jetzt aufstehen, seine Sachen packen, zu Jutta sagen: »Also, ich geh jetzt«, auf Pegasus steigen und –

Für Momente ist es still. Dann setzt das Telefon wieder an.

»Ich geh hin«, sagt Jutta. »Vielleicht ist es Alban.«

»Geh nicht hin«, sagt er. »Bitte, bitte geh nicht hin.«

Er ist der, der ans Telefon gehen müsste.

»Du, Jutta«, sagt er. »Auf der Unterseite vom Telefon ist so eine Art Schraube. Damit kann man es leiser drehen.«

14. Wieder zurück

Den ganzen Abend bis in die Nacht hinein hat das Telefon gewimmert und sie sind nicht hingegangen. Lothar hat im Mathebuch gelesen und Jutta hat gestrickt. Es hat sich alles so ergeben, dass er eben einfach nicht aufgestanden ist. Und irgendwann war es zu spät, um noch zur Party in die Neuffenstraße zu gehen. Es war nicht so, dass er mit Absicht zu Hause geblieben wäre. Aber irgendwie hat er es nicht geschafft, sich loszureißen. Lothar weiß natürlich, dass sein Verhalten unverzeihlich und unerklärlich ist.

Vielleicht ist es so gekommen, weil er erst die Sache mit Aleika hinter sich gebracht hat. Dafür hat er alle Kraft gebraucht. Hinterher war er erleichtert und erschöpft. Er hätte noch einmal einen neuen Anlauf nehmen müssen, das weiß er. Aber er hat es eben nicht geschafft. Plötzlich war er nur noch müde.

Alban ist angeblich auf Dienstreise, auf alle Fälle aber weg, nur zwei Tage, wie Jutta erklärt hat.

Wie man es auch dreht, es ist ein saublödes Gefühl alles in allem. Lothar beschließt, morgen ausnahmsweise krank zu sein und nicht in die Schule zu gehen. Zwei Stunden Deutsch bei Martina und hinterher die Fragen, das kann er nicht aushalten. Jutta soll ihm eine Entschuldigung schreiben.

Lothar hat schlecht geschlafen unter dem Bali-Relief mit den Prozessionsfiguren. Er ist ziemlich früh wach geworden, hat sich an den Schreibtisch gesetzt und Gedichtzeilen ausprobiert, ohne dass sie zusammengewachsen sind.

Später haben sie zusammen Kaffee getrunken, nur Kaffee, Lothar hat nichts dazu essen können. Er hat Jutta gesagt, dass sie ihm eine Entschuldigung für die Schule schreiben muss.

Dann hat er angefangen, die Zeitung zu lesen, zuerst die Todesanzeigen, dann den Sportteil. So gegen elf hat es geklingelt.

»Mach nicht auf«, hat er gemurmelt. Dann hat er gemerkt, dass Jutta weg ist, wahrscheinlich zum Einkaufen gegangen. Er hat überlegt, dass es vielleicht der Mann von den Wasserwerken ist oder der Schornsteinfeger, hat die Zeitung schnell weggelegt und aufgemacht.

Vor der Tür haben Martina und Emma Kunz vom Jugendamt gestanden.

»Bist du verletzt?«, hat Martina fast geschrien. Lothar war es peinlich wegen der Nachbarn.

»Wieso verletzt?«

»Hat dein Vater dich wieder zusammengeschlagen?«

»Er ist auf Dienstreise.«

»Warum bist du spurlos verschwunden? Wir haben erst gewartet, und dann haben wir angefangen, uns ernstliche Sorgen zu machen.«

»Weil ich ...«, hat Lothar angefangen und etwas herumgestottert. Dann hat er erklärt, dass er nicht daran denkt, in die Wohnung in der Neuffenstraße zu ziehen. Einiges an seinen Aussagen in dem Protokoll sei doch ziemlich übertrieben gewesen. Er fühle sich hier zu Hause sehr wohl und wolle hier bleiben.

Das alles stehend im Hausflur.

»Das ist nicht dein Ernst«, hat Martina gesagt und angefangen zu weinen.

»Das sagst du doch alles nur unter Druck. Das meinst du doch gar nicht.«

Plötzlich hat ihn die Wut gepackt. »Ich geb's Ihnen schriftlich, wenn Sie mir nicht glauben.«

Emma Kunz hat mit einer ganz sanften Stimme gesagt, das Angebot mit dem Zimmer in der Wohngemeinschaft bliebe noch zwei Wochen lang bestehen. Sie würde sich auch weiterhin um ihn kümmern und gelegentlich nach ihm schauen. Er könne sie jederzeit im Büro anrufen, wenn er Probleme hätte.

»Hier ist übrigens der Schlüssel«, hat Lothar gesagt und wollte den Schlüsselbund wieder abgeben.

»Den behältst du, solange die Wohnung für dich freisteht. Wenn jemand anders eingezogen ist, werde ich bei dir anrufen. Dann kannst du ihn mir im Büro vorbeibringen. Du weißt ja, wann meine Sprechzeiten sind.«

Emma Kunz hat es mit ausdruckslosem Gesicht gesagt, als sei es ihr völlig wurst, wie Lothar sich entscheidet.

Martina hat noch gesagt, sie fände es unendlich mies von ihm, wo sie doch alle renoviert hätten. Einen Moment hat Lothar gedacht, sie holt den Kassenzettel vom Supermarkt heraus und schreit, die Farbe hätte siebzehn Mark fünfzig gekostet und sie wolle sie zurückhaben.

»Frau Reinke, bitte, das hat keinen Zweck. Er ist alt genug. Er weiß, was er tut«, hat Emma Kunz noch gesagt.

»Ich kann es nicht fassen. Ich kann es einfach nicht fassen...« Das waren Martinas letzte Worte im Treppenhaus.

Lothar hofft auf gar nichts mehr, selbst Martina ist Lichtjahre entfernt, während er ihre Schritte unten im Hof hört. Jetzt lässt sie das Hoftor zufallen.

Der Mann auf den Fotos wird ihm nicht helfen. Dieser Schmerz ist schlimmer als alle Schläge, die er je von Alban bekommen hat. Der Mann auf den Fotos ist irgendwo weit draußen. Auf einem Kampfplatz, in Bosnien, in Somalia, in einem südamerikanischen Land, in einem afrikanischen Land, er, Lothar wird es nie erfahren. Nur dass er nicht tot ist, das spürt Lothar, das weiß er. Irgendwo steht der Mann im gefleckten Kampfanzug, wachsam und bereit. Lothar der andere.

In einem fremden, heißen Land robbt Lothar der andere durch den Sand, springt über Stacheldrahtverhaue, ölt sein Gewehr und schießt. Er hat einen Dreitagebart. Er fürchtet sich vor nichts. Alles, wovor er sich einmal gefürchtet hat, liegt hinter ihm.

Aber er, Lothar von hier und heute, hat noch alles vor sich. Dieses Alles ist bei genauerem Hinsehen nichts, es ist grauer Glubber, graues Irgendwie. Alles fängt wieder von vorne an, das neue Schuljahr, das alte Leben. Alles wird bleiben, wie es war. Er, Lothar, mit Alban und Jutta in der Wohnung, in der die Stiche an den richtigen Stellen hängen und die Tapeten so geklebt sind, wie es sein muss, und die Tempeltänzerin in ihrer dunklen Flurecke in eine Ferne sieht, von der Lothar nichts wissen kann.

Alles steht fest und hat seine Ordnung. Jetzt weiß er es: Alban ist sein Vater, Jutta seine Mutter, und seine Kindheit ist diese eine, die er gehabt hat. Was auch immer geschehen wird, er wird nie andere Eltern, nie eine andere Kindheit haben. Es ist sein Leben, sein einmaliges, unwiederholbares Leben.

15. »Und wird zuletzt an den Galgen gehängt«

Lothar ist in allen Fächern ziemlich abgesackt. Alban hat ihm trotzdem seit damals nicht einmal mehr eine runtergehauen. Die Leute vom Jugendamt hatten ein Gespräch mit ihm. Zehn Wochen ist das schon wieder her. Vor einiger Zeit war er im Büro von Emma Kunz, L – S, und hat den Schlüsselbund abgegeben. Alban muss einen sehr guten Eindruck auf die Leute im Jugendamt gemacht haben.

Lothar denkt, dass er Tante Franzi anrufen muss. Einmal im Monat ruft er abends bei ihr an. Aber jetzt schafft er es nicht mehr, weil sie das mit dem gestohlenen Buch weiß. Mit ganz langen Schritten geht er zu der alten Bauernkommode, auf der das Telefon steht. Er hackt die Nummer herunter. Es dauert eine Weile, bis sie abnimmt.

»Ach, du bist's, Lothar, das freut mich aber ganz arg. Ich hab mir schon Sorgen gemacht. Morgen hätte ich angerufen...«

»Also warum ich anrufe...«, sagt Lothar mit schneidender Stimme und weiß nicht, warum er so kalt ist. »Ich wollte nur die Adresse von der Elfriede haben und ihre Telefonnummer, wenn es geht.«

Eine Weile ist es ganz still.

»Hast du was zu schreiben?«

Hat er.

Er schreibt die Adresse auf.

»Die Elfriede wird sich unheimlich freuen«, sagt Tante Franzi. »Wenn ich sie treffe, fragt sie immer, wie es dir geht.«

»Hat sie noch Kontakt mit Lothar?«, fragt Lothar.

»Er schreibt ihr immer noch. Zu Weihnachten und zum Geburtstag.«

»Ist er immer noch bei der Fremdenlegion?«

»Er lebt in Südfrankreich. In Montpellier oder in Perpignan, die Elfriede weiß es genau. Aber was interessiert dich der elende Lumpenhund?«

Die Tür geht auf. Es ist Alban. Er schreit sofort los.

»Jetzt weiß ich es! Du hast die Jacken gestohlen! Zwei haben im Laden gehangen, die waren noch nicht weg. Die im Schaufenster hatten sie schon verkauft, als ich kam. Ich bring dich um, du Schwein!«

Es ist tiefe Nacht. Lothar sieht die drei Särge aus seinem Traum vor sich und sie erschrecken ihn nicht mehr. Den, auf dessen Deckel sein zusammengefalteter Kampfanzug und die schwarze Baseballmütze liegen. Jetzt weiß er, was er zu tun hat. Er wird seine Sachen in der Garderobe hängen lassen. Er wird jobben und sich eines Tages andere im Secondhandshop kaufen. Aber erst die zwei Bände Celan und Rühmkorf.

Als er darüber mit Martina und Jan-Jakob gesprochen hat, war er sicher gewesen, dass er weinen würde. Jetzt wundert er sich darüber, wie kalt er innerlich ist. So kühl wie in den Momenten, ehe er eine Mathearbeit abgibt, wenn er noch versucht, ein offensichtlich falsches Ergebnis zu überprüfen. Nur die notwendigsten Sachen legt er in die Sporttasche. Juttas selbstgestrickte Pullover lässt er im Schrank, obwohl er dabei schlucken muss. Nur zwei Paar Socken, aber alle Bücher von den beiden Regalen. Er fährt sich mit dem Kamm durch sein Haar, streichelt den Ansatz von Oberlippenbärtchen und schaut verstohlen in den Spiegel. Er denkt, dass er anfängt, dieses Gesicht zu mögen. So blöd ist es nicht. Es ist sein einmaliges, unverwechselbares Gesicht. So wie er sieht niemand aus. Der schiefe Mund hat etwas Interessantes. Schon auf dem Babyfoto, wo seine Oma ihn füttert, hat er diesen Mund gehabt.

Als er die Tür behutsam hinter sich zuzieht, weiß er, dass er nie wieder zurückgehen wird. Den Schlüssel wirft er in den Briefkasten seiner Eltern, als er draußen im Hof steht. Es ist unglaublich einfach. Er klemmt sein Bündel auf den Gepäckträger, steigt auf Pegasus. Ihm kommen die Tränen, aber vor Freude, vor Freude darüber, dass er es endlich getan hat. Als er losfährt, weiß er nicht, wohin er fahren wird. Es gibt verschiedene Möglichkeiten. Jede ist gut. Lothar fährt über die leeren Straßen, immer schneller. Alban hat ihn schrecklich zugerichtet, aber es spielt keine Rolle mehr. Es ist vorbei.

Den Zeitungsartikel aus dem alten Küchenschrank hat er mitgenommen und das Foto, wo seine Oma ihn mit Brei füttert. Er wird es auf dem Schreibtisch, den er noch gar nicht besitzt, aufstellen an allen Orten und in all den Wohnungen, die er in den nächsten Jahrzenten haben wird. Alle seine Bekannten werden irgendwann nach dem Foto fragen. Er wird sagen: Meine Großmutter, die mich aufgezogen hat. Als ich drei war, hat sie sich das Leben genommen.

TEIL III

1. Der Mann im Kampfanzug

Lothar sitzt im Kampfanzug neben Vanessa und hat die Militärstiefel an. Wenn Alban ihn so sehen könnte. Er würde auf der Stelle sofort einen Herzinfarkt bekommen. Er würde tot zusammenbrechen. Da wäre jede Herzmassage umsonst.

Aber Alban kann ihn hier nicht sehen, weil er nie durch die Neuffenstraße geht, seit Lothar in das alte Haus mit der Klinkerfassade eingezogen ist. Nachdem die Sache mit den geklauten Lederjacken aufgeflogen war, hatte Lothar für ein paar Monate Unterschlupf in einem kleinen Dachzimmer im evangelischen Pfarrhaus gefunden, als Not- und Übergangslösung, weil sein Platz im Backsteinhaus belegt war. Aber gegen den Winter zu war ein Junge überraschend wieder aus der Wohnung ausgezogen und Lothar konnte in dessen Zimmer einziehen. Es war ein anderes Zimmer, nach dem Hinterhof zu. Diesmal half ihm keiner beim Renovieren. Es gelang Lothar noch, das Bali-Relief von zu Hause mitzunehmen. Berthold holte es für ihn ab. Alban hatte nichts dagegen. Alban war sichtlich froh, als Lothar wirklich fortgezogen ist. Irgendwie erleichtert. Lothar hatte einen Moment das Gefühl, dass auch für Alban ein neuer Lebensabschnitt angefangen hat.

Sie sitzen auf der Eingangstreppe in dem kleinen Vorgarten und schauen auf die rot-grünlich blühenden Hortensien. Zwischen ihnen liegt ein aufgeklappter Pappkarton mit vegetarischer Pizza, die Peppina ihnen gerade vorbeigebracht hat. Seit dem Tag, an dem er Aleika besucht hat, kann Lothar kein süßes Schlabberzeug mehr essen. Nicht mal mehr im Traum. Das Tollste ist, er kann sich nicht mehr vorstellen, dass er einmal vier Nusshörnchen hintereinander verdrückt hat.

Sie sind beide achtzehn und in der Jahrgangsstufe 13, ein paar Wochen vor dem Abi. Seit der 12 haben sie keinen festen Klassenverband mehr, sondern ein Kurssystem, in dem sie Leistungskurse besuchen.

»Ich les dir mein neuestes vor«, sagt Lothar und entnimmt seiner Hosentasche einen Zettel.

GEWICHTE

Einst waren wir
leichter
selbst Schwermut
ließ uns Mut und
den Rosen verziehen
wir den Dorn.
Ohne Angst passierten
wir die Endstation.
Einst waren wir
leichter. Über-
sahen den Geruch
von warmer Erde
und hielten irgend-
etwas für
reine Zeit-
verschwendung.

»Klingt gut«, sagt Vanessa.

»Und?«

»Und nichts. Gedichte machen mich nicht an. Zeitverschwendung, das Wort passt. Gedichte sind Zeitverschwendung. Du kannst kein Geld damit verdienen.«

Lothar lacht. »Du wirst es morgen noch im Kopf haben und drüber nachdenken. Ich lese es noch einmal vor, dann kriegst du es nie mehr aus dem Kopf raus.«

Obwohl es schon so lange her ist, träumt Lothar immer wieder den alten Traum. Tagsüber denkt er über den Traum nach. Es ist ein schöner Traum. Er hat ihn Martina und Jan-Jakob erzählt. Irgendwie ist er stolz auf den Traum und stolz darauf, dass er von zu Hause weggegangen ist.

Lothar keucht. Plötzlich springt aus dem Gebüsch der Mann im Kampfanzug auf den Weg und Lothar spürt eine unendliche Erleichterung, so stark, dass er beinahe anfängt zu weinen. Der Mann gibt ihm die Hand. ›Zieh deine Jacke aus‹, sagt er. ›Nimm meine.‹ Tatsächlich zieht er die olivfarbene, braun gefleckte Jacke aus, und Lothar kann nicht anders, er schlüpft in sie hinein. Die Jacke ist mehr wert als jedes Maschinengewehr, das spürt er so deutlich, dass ihm wieder die Tränen kommen.

2. Frei

ICH KOMM NICHT WIEDER, LOTHARLE. Die Gestalt im dunklen Mantel beugt sich über sein Kinderbett und küsst ihn viele Male. MACH'S GUT, LOTHARLE. Es ist ein gutes, warmes Gefühl. Kein Abschied. Es ist der Anfang von allem.

Lothar hat Sätze in den PC gehackt, Sätze für die Rede über die Wahrheit für die Abi-Feier. Lothar wird die Rede halten, nicht weil er der netteste Typ in der Klasse ist, sondern weil er am besten reden kann, ausgerechnet er mit seinem schiefen Mund. Es hat eine lange Diskussion gegeben, wovon die Rede handeln sollte. Und sie waren übereingekommen: über die Freiheit und die Wahrheit, so ungefähr.

»In Wirklichkeit«, sagt er, »hat meine Großmutter mich nämlich nie verlassen, wenn du verstehst, wie ich das meine. Es war von Anfang an eine Art Pakt zwischen uns, dass sie mich nie verlassen wird, dass sie immer bei mir bleibt und dass sie mir alles geben wird, was sie mir geben kann...«

Martina sitzt barfuß auf dem Sofa und liest einen Krimi. Sie trägt ein verwaschenes dunkelblaues T-Shirt und über den Knien abgeschnittene Jeans. Die Goldrandbrille liegt auf dem Teppichboden. Sie hat ihn nicht verstanden, das sieht er. Vielleicht kann das ja niemand auf der Welt verstehen, was er ihr gerade klar zu machen versucht.

Stürzingen, in der Novembernacht, als das Hochwasser war. Das Wasser gluckste und gurgelte. Ein Wimmern ging durch die Nacht über die Wasseroberfläche hin und war schnell verflogen. Dann war alles wieder still. Nur der Wind rauschte in den verkrüppelten Weiden. Eine verbeulte schwarze Einkaufstasche trieb flussabwärts...

Er ist etwas zittrig gewesen, als er mit seiner Rede anfing. Es hat etwas Komisches, wie er, ausgerechnet er, Lothar Lügengesicht, hier oben steht und eine Rede über die Wahrheit hält. Plötzlich aber gerät er in Fahrt, mit dem Mikro geht es ohne jede Anstrengung. Er weiß, dass seine Stimme nichts Krächzendes mehr hat, aber manchmal etwas Schneidendes, Überzeugendes wie bei einem Politiker. Es macht ihm Spaß, sich reden zu hören. Er redet für Mirko, für Vanessa, für Berthold und alle aus seinem Jahrgang, aber auch für seine Eltern, die ein Stück weiter hinten sitzen, für Big Jensen und natürlich für Martina, für seine Martina.

»Die Wahrheit ist ein schneidendes Wort, eine ätzende Lauge, eine schwärende Wunde.« Ein Zitat aus *Sinuhe, der Ägypter*. Das ist der Anfang. Die Wahrheit tut weh, es ist nicht leicht, ihr ins Gesicht zu sehen. Als der Jüngling den Schleier vom Bild reißt, im Tempel von Sais, fällt er tot um. Er hätte langsamer vorgehen müssen. Lothar liest seine sorgfältig gedrechselten Sätze ab, an einigen Stellen geht es mit ihm durch und er improvisiert noch ein bisschen. Und das ist sein Schluss, der ihm einfach so einfällt, obwohl er eigentlich schon fertig ist:

»Mag sein, dass die Wahrheit unter tausend Lügen begraben ist – tot ist sie nie, sondern unruhig und zuckend wie ein junger Hund, wenn er schläft. Schlafende Hunde soll man nicht wecken, vielleicht. Tatsache ist, dass schlafende Hunde von selbst wach werden. Irgendwann erheben sie sich, hechelnd und warm, springen einen an, und man spürt, man muss mit ihnen kämpfen, und zum Schluss ist man der Freund seines Hundes geworden, stellt ihm einen Korb im Wohnungsflur auf und geht dreimal am Tag mit ihm spazieren.«

Der Beifall kommt ihm etwas matt vor. Nur Vanessa und die andern trampeln mit den Füßen vor Begeisterung. Big Jensen blickt säuerlich drein. Irgendwo müssen auch seine Eltern sitzen. Vanessa hat es vorher zu ihm gesagt. Aber er sieht sie nicht und er sucht sie auch nicht mit den Augen.

»Du hast gesprochen wie ein Pfarrer«, flüstert Vanessa, als er sich wieder neben sie gesetzt hat, sie hat Tränen vor Lachen in den Augen. »Und einen Heiligenschein hast du auch gehabt vor dem dunkelroten Samt, es war eine richtige Lachnummer.« Dann fällt sie ihm um den Hals und schreit:

»Jetzt sind wir frei, wir haben es geschafft! Geschafft! Geschafft! Lothar, hast du geglaubt, dass wir es wirklich schaffen?«

»Nein, natürlich nicht. Ich hab gedacht, es dauert ewig. Zum Schluss wusste ich, ich komme nie hier raus. Nie.« Aber er meint gar nicht die Schule, er sieht den runden Kiefernholztisch wieder vor sich, die Stiche an den Wänden, jeder an der richtigen Stelle, die Bauernkommoden von der Alb und die vor Wut blutunterlaufenen Augen Albans, ehe er zuschlägt und zuschlägt und nie mehr aufhört. Er sieht das Relief aus Bali mit den Prozessionszügen und die Tänzerin, die ihm zulächelt.

»Man kommt überall wieder raus«, hört er sich predigen wie einen weisen alten Guru. »Man geht erst mit dem Kopf und dann mit den Füßen.«

»Du bist heute die absolute Lachnummer«, kichert Vanessa. Sie hat Sekt getrunken, das ist es.

»Es war viel interessanter als Big Jensens Rede«, sagt Martina hinterher zu ihm.

»Na ja«, sagt er. »Das war noch nicht mal ein Kompliment.«

»Bist ganz schön eingebildet inzwischen.«

»Yo no soy inteligente, soy poeta«, sagt er. Ich bin nicht intelligent, ich bin ein Dichter. Federico García Lorca hat das einmal zu einem Freund gesagt.

»Du bist unwiderstehlich«, sagt sie.

»Ich weiß es«, sagt er.

Sie küsst ihn einfach und hört nicht mehr auf. Ganz schön verrückt von ihr. Lothar atmet ihren Zahnpasta- und Sonnencremeduft ein und überlegt, ob das alles wahr ist. Und das ist es tatsächlich, nicht gelogen, nicht erfunden, live. Martina riecht nach allem Guten, was es auf der Welt gibt, Nusshörnchen und Vanilleeis. Sie sind allein im Geräteraum neben der Turnhalle.

Die Tür ist zu, keiner sieht sie. Vom Hof her hört man die Abi-Absolventen reden und lachen. Hier drinnen ist noch ein bisschen Gefängnisatmosphäre. Es riecht nach schweißigen Turnschuhen und Talkumpulver. Nur noch ein paar Momente, so wie die letzten Sekunden eines ablaufenden Jahres, ehe die Sektkorken knallen und die Raketen in die Luft steigen, dann werden sie beide hinaustreten auf den asphaltierten Schulhof, und er wird nie wieder hierher zurückkehren. So wenig, wie er die Wohnung seiner Eltern jemals wieder betreten wird, komme da, was da wolle. Er wird auch die kleine Stadt verlassen und lange Zeit nicht zurückkommen. Er wird Lothar Seng treffen. Er wird mit Martina nach Südfrankreich fahren und –

»Mir ist was ins Auge geflogen«, murmelt er und schämt sich vor ihr.

Sie gehen am Bach entlang, nebeneinander, nicht Arm in Arm, sondern jeder für sich, ein Liebespaar, das es nicht nötig hat, etwas zu zeigen, weil alles klar ist. Martina hat den Fotoapparat umgehängt. Es ist ein heißer Tag, sie haben nichts zu trinken mitgenommen. Das Gras steht hoch, Libellen fliegen wie schillernde Geschosse an ihnen vorbei. Lothar und Martina haben den asphaltierten Weg längst verlassen, so weit wie heute sind sie noch nie in das Naturschutzgebiet eingedrungen. Der Stress mit dem Abi ist vorüber, als wäre er nie gewesen, nicht nur für Lothar, für sie beide ist alles gelaufen. Die einzige Panne: dass »es« herausgekommen ist. Lothar ist ziemlich sicher, dass Jan-Jakob sie verpfiffen hat, aus Rache. Beweisen lässt sich das nicht. Egal. Plötzlich wussten also alle davon und irgendwie war das für ihn und Martina fast eine Erleichterung. So nach dem Motto: »... und die Wahrheit wird euch frei machen.« Martina musste zu Big Jensen, der lange mit ihr gesprochen hat, nicht böse. Wegen der Öffentlichkeit, hat er gesagt, kann sie ihr Lehramt nicht behalten. Und dass es Spielregeln gibt, die man zu beachten hat, und in diesem Fall auf alle Fälle. Ja, unumgänglich. Und dann der gute Ruf der Schule. Als Schulleiter sei es seine Pflicht. Disziplinarrechtliche Konsequenzen, er persönlich sei nicht ohne Verständnis, obwohl allerdings auch gesagt sein müsse –

»Weißt du, dass du eine Art Siegertyp bist? Ich will dir erklären, warum. Du bist als kleines Kind unheimlich stark geliebt worden. Deswegen bist du so geworden, so zäh und so unbeirrbar selbstsicher. Deine Großmutter, die dich aufgezogen hat, hat in dir den Größten gesehen, und das wird durch nichts und niemanden aus dir herauszukriegen sein. Damit hängt auch deine starke Ausstrahlung zusammen – vielleicht hat dein Vater dich so gehasst, weil du so stark warst.«

»Siegertyp oder nicht – wegen mir musst du dir jetzt eine Privatschule zum Unterrichten suchen oder ganz neu anfangen.«

Sie sagt nichts. Ohne hinzusehen, weiß er aber, dass sie vor sich hinlächelt.

Und in Deutsch eine Eins für Lothar, ohne Mündliches. Lothar erzählt Martina, dass der Redakteur der Sonntagsbeilage geantwortet hat. Sie wollen das Gedicht GEWICHTE bringen und ob er noch mehr hätte.

»Meine Eltern wollten mir etwas ersparen, als sie mir die Lüge vom Tod meiner Großmutter erzählt haben. Sie haben geglaubt, sie könnten mir die Wahrheit nicht zumuten. Sie haben mich also belogen – und noch behauptet, ich sei der Lügner.«

Das Schlimmste war immer das Abwesende, das Fehlende in seinem Leben gewesen, jetzt spürt er es. Das Schlimmste war nicht der Schmerz, das Schlimmste war der Nichtschmerz, die Lücke im eigenen Gesicht, das Loch im Puzzle.

»Ich muss mir etwas einfallen lassen«, sagt Martina. »Mir fällt auch etwas ein, ich brauch nur etwas Zeit. Irgendwie war es doch ein Schock. Mein Gott, also wieder Jobben.« Sie sieht so aus, als ob sie nicht unglücklich darüber wäre. »Und jetzt erst einmal nach Südfrankreich, bis dein Semester anfängt. Auf den komischen Typ, deinen Onkel, bin ich unheimlich gespannt. Und dann werden wir uns eine Wohnung suchen, vielleicht in einer WG, was meinst du?«

Später, Südfrankreich

Albans Augen sind blutunterlaufen. Alban ist ein Riese. Alban holt weit aus, er hat Lothar gepackt und schlägt zu, schlägt zu, schlägt zu. Lothars Arme sind wie gelähmt. Irgendwo ist auch Jutta. Sie ist ganz nahe. Sie kann ihm nicht helfen. Er sieht sie nicht, aber sie ist da. Diesmal wird er sterben, Lothar weiß es mit letzter Gewissheit. Es ist unmöglich zu entkommen. Alban ist stärker, Alban ist schneller als er. Alban ist so wütend wie noch nie. Lothar hat etwas Entsetzliches getan. Er weiß nicht, was es ist, aber diesmal ist es schlimmer als alles, was er jemals früher angestellt hat.

Ganz allmählich hört er das Rauschen der Pappel, unter der der Wohnwagen steht, und das Klopfen des Regens auf dem Bullauge aus Plexiglas in der Decke. Er ist wach geworden. Er hat geträumt und spürt noch den dumpfen Schmerz im Gesicht, das Prickeln in der Nase. Es tropft feucht aus seinen Nasenlöchern. Einen Moment denkt er, es ist Blut. Langsam wird ihm klar, dass er geweint hat. Er greift mit der Hand an Martinas Schulter, die neben ihm liegt und friedlich atmet. Er steht auf, zieht im Dunkeln seine Turnschuhe an und greift nach der Strickjacke, die über der Sitzgruppe auf dem Tisch liegt.

Die Strickjacke hat eine Brusttasche, in der der zusammengefaltete Brief steckt. Der Brief ist noch da.

In Wirklichkeit können sie sich gar nicht verpassen, egal, was noch schief geht. Lothar der andere hat genau erklärt, in welchem Autobahnhotel er übernachten wird. Er hat sogar die Telefonnummer dazugeschrieben.

Lothar ist zu aufgeregt, um zu fahren. Es sind noch etwa vierzig Kilometer bis zum Parkplatz mit Blick aufs Meer, auf dem Lothar der andere auf sie wartet.

Martina sitzt am Steuer und Lothar isst einen Apfel. Er hat die Karte auf den Knien liegen aus Angst, sie könnten den Parkplatz verpassen. Martina fährt langsam, wegen des Wohnwagens hinter ihnen und weil sie starken Seitenwind haben.

»Wir sind fast da«, sagt sie. »Gib mir noch ein Stück von dem Schokoriegel. Ob er uns gleich erkennt?«

»Es ist ein schwarzer Pajero, älteres Baujahr.«

»Inzwischen weiß ich das wirklich. Du sagst es schon das fünfte Mal. Das muss der Rastplatz sein.«

Pinien stehen an der Einfahrt. An einem der Holztische sitzt ein älteres Ehepaar mit Kühltaschen und verzehrt Hähnchen mit Baguette. Der Mann hat einen dunkelblauen Trainingsanzug an und die Frau einen aus leuchtendgrünem Glanzpolyester.

Martina bremst hinter dem schwarzen Pajero mit dem französischen Nummernschild. Jetzt sieht Lothar den Mann. Er steht etwas abseits, abgewendet, als sei er in Gedanken, mittelgroß, schlank, militärisch kurzgeschnittenes graubraunes Haar, und raucht eine Zigarette. Auf das Geräusch der aufklappenden Autotüren hin dreht er sich um. Er wirft den Zigarettenrest ins Gras und tritt ihn korrekt aus. Ein erkennendes Lächeln fliegt über sein Gesicht. Er geht in die Hocke. Er breitet die Arme aus.

Danksagung

Mein Dank gilt dem Ministerium für Kultus und Sport in Stuttgart für Auskunft und freundliche Hinweise.

Mein besonderer Dank richtet sich an den Lyriker und Aphoristiker Ulli Harth, der mir die Erlaubnis gab, seine Gedichte »Schneefrage«, »Gewichte« und »Wasserleiche« im Text zu verwenden. Er bereicherte auch mein Wissen über das Leben von Fremdenlegionären.

Der ergreifende Bericht des englischen Forschers Archibald Leopold Ruthmore über seine aufsehenerregende und verhängnisvolle Reise im Jahre 1850, bei der er im Innern Asiens die letzten Riesen dieser Welt entdeckte.

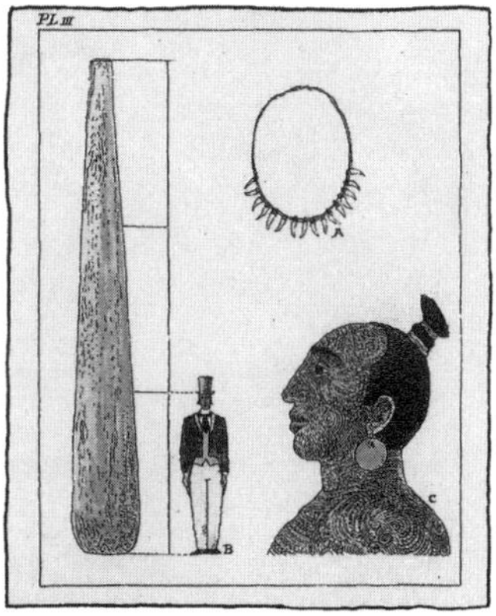

Ruthmore erwirbt im Hafen einen großen Zahn, der über und über mit fremdartigen Gravuren bedeckt ist. Nach einigen Studien entdeckt er darauf eine winzige Landkarte, die ihn auf die Spur der letzten Riesen führt. Er rüstet sich zu einer großen Expedition und gelangt unter unsäglichen Mühen und Abenteuern mit seiner Mannschaft schließlich in die entlegensten Bergregionen Asiens. Unterwegs verliert er alles und bleibt schließlich völlig erschöpft als einziger übrig. In diesem Zustand finden die Riesen den Forscher und pflegen ihn gesund. Die Riesen sind sehr liebenswerte Geschöpfe, und er kann ein Jahr lang an ihrem Leben teilhaben. Dann macht er sich auf zurück nach Hause, um der Welt von seiner Entdeckung zu berichten. Doch niemand glaubt ihm ...
Eine phantastische Erzählung mit realistischen Bildern.

François Place
DIE LETZTEN RIESEN
Aus dem Französischen von
Marie Luise Knott
ISBN 3-570-12105-4

C. Bertelsmann